Los que soñaban con la Luna

Editorial Bambú es un sello
de Editorial Casals, S. A.

© 2008, Éditions Flammarion para el texto
y las ilustraciones
© 2010, Editorial Casals, S. A.
Tel.: 902 107 007
www.editorialbambu.com

Título original:
Ilustración: Thomas Ehretsmann
Traducción: Arturo Peral Santamaría

Créditos fotográficos del Cuaderno Documental:
Página 1: Apolo 15 © NASA.
Página 2: James Lovell © NASA.
Página 3: Fred Haise © NASA; Jack Swigert © NASA.
Página 4: © Bettmann/CORBIS (izquierda); © Bettmann/CORBIS
        (derecha).
Página 5: © Bettmann/CORBIS.
Página 6: © Bettmann/CORBIS.
Página 7 © Bettmann/CORBIS (arriba); © Bettmann/CORBIS (abajo).
Página 12: © NASA (izquierda); Fred Haise © NASA (derecha).
Página 13: Lovell y Haise © NASA.
Página 14: Aldrin © NASA.
Página 15: © NASA (de arriba abajo).
Página 16: Humans on Mars © NASA/Pat Rawlings SAIC.

Ilustraciones: Cohete Saturno V (página 8), Nave Apolo (página 9),
de la Tierra a la Luna (páginas 10-11: Oliver Audy. .

Primera edición: febrero de 2011
ISBN: 978-84-8343-135-1
Depósito legal: M-760-2011
Printed in Spain
Impreso en Anzos, S. L., Fuenlabrada (Madrid)

LOS QUE SOÑABAN CON LA LUNA
Misión Apolo

Philippe Nessmann

Traducción de
Arturo Peral Santamaría

bam bú

EDITORIAL

Primera parte

Apolo 8
(Diciembre de 1968)

Capítulo uno

A modo de introducción

—¿im Lovell?

—El mismo.

—Buenos días, señor. Mi nombre es Karen Lester y soy periodista del *Times Magazine*.

—Buenos días, señora.

—Le llamo porque quisiera concretar una cita con usted. Como ya sabrá, nuestra revista concede todos los años el título al hombre o a la mujer del año a la persona que más ha influido en el mundo a lo largo del año transcurrido. En el pasado hemos nombrado hombre del año a personalidades como Charles Lindbergh[1], Mahatma Gandhi, John Fitzgerald Kennedy o incluso Martin Luther King.

—Sí, lo sé.

---

1. Primera persona en atravesar el Atlántico en avión en 1927.

–Pues le llamo porque *Time* le ha escogido para ser «hombre del año 1968» junto con Frank Borman y Bill Anders, claro. Por eso quisiera hacerle una entrevista. ¿Cuándo podría verle?

–Usted no es corresponsal de *Time Magazine* en Houston, ¿verdad? ¿Es usted quien se encarga de los asuntos espaciales?

–No, claro. Trabajo en la redacción, en Nueva York. Soy reportera y escribo en las páginas de sociedad de la revista. Pero para la entrevista del hombre del año, el redactor jefe quiere a una periodista que tenga una visión nueva sobre el tema. Me ha pedido que haga su entrevista. ¿No podrá dedicarme un poco de tiempo?

–Bueno... sí. ¿Podemos hacerlo por teléfono?

–No, preferiría que no. Tendría que quedar con usted en persona y ver dónde trabaja. Debe de estar muy solicitado desde su vuelta a la Tierra, pero ¿podría ir a verle a la NASA, en Houston?

–Si quiere. ¿Cuándo desea venir?

–Cuanto antes mejor... Lo que tarde en comprar un billete de avión... ¿Le va bien el miércoles por la tarde?

–Mejor el jueves por la mañana, a las diez. Venga a la recepción del edificio cinco y pregunte por mí.

–Perfecto. Entonces el jueves a las diez. Adiós, señor Lovell, y gracias.

Capítulo dos

En el Centro de Naves Tripuladas de la NASA
La infancia de un astronauta
La carrera espacial

Sentada en el asiento trasero del taxi, Karen Lester miraba nerviosamente su reloj. Si todo seguía así, llegaría tarde y lo odiaba. Fuera desfilaba el monótono paisaje: la autovía número uno y el extrarradio de Houston, que se parecía a todos los demás extrarradios. Nada parecía indicar que se acercaban al Centro de Naves Tripuladas de la NASA.

–Disculpe, señor, ¿queda mucho para llegar?

–Cinco minutos.

La joven mujer sacó de su bolso un espejito para comprobar su maquillaje cuando un centelleo llamó su atención por la izquierda: una gran extensión de agua. Esto la alivió: si era Clear Lake, significaba que estaban efectivamente a punto de llegar. La autovía atravesó una extensión de agua y, justo después, apareció una enorme superficie cubierta de césped y sembrada de inmuebles modernos. Debía de ser allí.

El conductor puso el intermitente y abandonó la autovía. Tras un centenar de metros, se adentró en el inmenso complejo espacial de Houston. La periodista buscó las palabras para definir lo que veía. «Todo es cuadrado –pensó–. Visto desde el cielo, debe parecer un damero, un damero gigante con casillas de decenas de edificios, aparcamientos y espacios verdes.»

–¿En qué número me dijo que era, señora?

–Edificio cinco.

El taxi giró a la izquierda y luego a la derecha, para después detenerse frente a un edificio moderno. La fachada blanca con ventanas oscuras también parecía un damero.

–Ya hemos llegado. Son cuatro dólares con ochenta centavos.

La periodista le entregó un billete de cinco dólares.

–¡Quédese con el cambio!

Salió del taxi y miró el reloj: 9.50h. Había llegado unos minutos antes. Sacó un cuaderno de espiral y un bolígrafo de su bolso y, con la mano temblorosa y fría, escribió: «extrarradio enorme, autovía interminable, inmenso lago centelleante, damero gigante con edificios modernos, aparcamiento en espiga, espacios muy verdes. Temperatura fresca». Cuando hacía un reportaje solía anotar el máximo de impresiones en caliente, detalles que usaría –o no– para dar vida a su artículo.

Entró en el edificio y se dirigió al agente de seguridad.

–Buenos días, señor. Tengo cita con Jim Lovell.

–¿A quién tengo que anunciar?

–A Karen Lester, de *Time Magazine*.

–Bien, señora, voy a avisarle. ¿Tiene un documento de identidad?

La periodista le dio su pasaporte y recibió a cambio una acreditación. Mientras esperaba la llegada del astronauta, estuvo observando mecánicamente el vestíbulo y anotó: «Edificio limpio y funcional. Clásico. Nada hace pensar que estamos donde se conciben las tecnologías más avanzadas del mundo. Solamente un modelo reducido de cohete a modo de decoración...»

–¿Señora Lester?

–Sí.

–Buenos días, señora. Soy Jim Lovell.

Ella le observó con detenimiento. El hombre tenía unos cuarenta años. Bastante guapo, grande pero no demasiado, rostro oval, pelo corto de color castaño, sonrisa encantadora, mirada brillante e inteligente y cierto aire a James Stewart.

–Buenos días, señor Lovell.

–¿Ha tenido un buen viaje?

–Sí, gracias.

–Acompáñeme a mi despacho.

La periodista le siguió por un laberinto de pasillos. En aquel momento no sentía nada. Sin embargo, caminaba detrás de un héroe célebre en toda Norteamérica, un astronauta que había desfilado bajo el confeti en un desfile en Nueva York, un nuevo Cristóbal Colón. En la redacción de *Time*, todo el mundo sabía que iba a ser nombrado «hombre del año». Excepto Karen Lester. Quizá porque era una mujer.

El año 1968 estaba cargado de acontecimientos importantes. En abril, el pastor Martin Luther King, militante de la no-violencia y premio Nobel de la Paz que tanto había hecho por los derechos civiles de los negros en Estados Unidos había sido asesinado (Karen había tenido la suerte de conocerlo; era un hombre impresionante). En el extranjero, la guerra de Vietnam se había estancado. Decenas de miles de jóvenes estadounidenses habían sido enviados a luchar y muchos de ellos regresaban en cajas de madera. Auténticos héroes, a pesar de ser anónimos. ¿Qué más? En Europa del Este se había producido la Primavera de Praga: durante siete meses, los comunistas checoslovacos se habían opuesto con valor a la URSS. Dirigidos por Alexander Dubček, introdujeron la libertad de prensa, de expresión y de circulación. Esto desagradó mucho a Moscú: los soviéticos enviaron sus carros de combate a Praga para aplastar la rebelión. Sin duda Dubček habría merecido ser el hombre del año. Y, a un nivel diferente, Bob Beamon también: en los Juegos Olímpicos de México hizo polvo el récord del mundo en salto de longitud. Su nuevo récord, sobrehumano, seguramente se mantendría varias décadas...

¿No merecían todos, cada uno a su manera, el título de hombre del año?

Pero Jim Lovell y sus dos compañeros del Apolo 8 eran los elegidos. Sin embargo, ni siquiera habían puesto el pie en la Luna... nadie hasta entonces lo había conseguido. Los tres astronautas sencillamente habían estado dentro de una cápsula y habían sido enviados al otro lado de la Luna y habían regresado a la Tierra. ¿Resultaba tan heroico?

—Ya estamos aquí —anunció Jim Lovell al abrir una puerta.

La joven entró en un pequeño despacho en el que había una mesa cubierta de documentos, tres sillas, una ventana y varios diplomas colgados de la pared.

»Tome asiento —dijo el astronauta mientras se sentaba—. ¿Quiere un café?

—Eh... No, gracias.

—Así que quería conocerme.

—Sí. Como ya le dije por teléfono, mi periódico lo ha nombrado hombre del año. Por eso me gustaría hacer una semblanza de usted para que nuestros lectores lo conozcan un poco mejor, para que sepan quién es usted y de dónde viene.

Cogió su cuaderno de espiral y su bolígrafo. «Lo que yo quiero —pensó— es saber si tiene madera de héroe...»

—Antes de que me cuente sobre Apolo 8, quizá podría comenzar con su juventud. ¿De niño soñaba ya con ser astronauta?

–No. Era un oficio que todavía no existía.

–Lo que me pregunto es si ya sentía atracción por el espacio.

–Lo cierto es que no. Lo que me apasionaba eran los cohetes. Construía pequeños cohetes artesanales. De hecho, el primero que hice pudo haber sido el último...

–¿Podría contarme esa historia?

–No sé si interesará a sus lectores.

–¡Cuénteme más sobre esto!

* * *

«La Segunda Guerra Mundial había terminado hacía poco.

Tenía diecisiete años y, tras un largo viaje en tren, llegué a mi destino en el centro de Chicago. Ante mí se alzaba un rascacielos interminable. Yo estaba sorprendido: aquello no parecía en absoluto una ferretería de barrio. No obstante, era la dirección correcta, la que había encontrado poco antes en una guía telefónica. No sabía si dar marcha atrás, pero finalmente entré en el edificio.

El interior, decorado de mármol y cobre, tampoco parecía el de una ferretería; ni la mujer tras el cristal de recepción parecía una ferretera.

Por otro lado, la mujer se mostró sorprendida al verme empujar la puerta del rascacielos. No debía asemejarme a sus demás clientes.

–Buenos días, señor... ¿Qué puedo hacer por usted?

–Pues... quisiera comprar productos químicos. Ustedes venden productos químicos, ¿no es así?

La mujer esbozó una sonrisa.

–Sí, en efecto, pero... ¿quién le envía?

–Me envían Jim Siddens y Joe Sinclair.

–¿Son sus jefes?

–Pues no, son mis compañeros.

–Ah, entiendo...

Esto consiguió incomodarme.

–No estoy segura de que usted esté en el lugar adecuado, pero veré si uno de nuestros vendedores está libre.

Varios minutos después, un hombre de cabello blanco me recibió amablemente.

–Así que quiere comprar productos químicos, ¿eh?

–Sí, señor. Quisiera una libra de nitrato de potasio, una libra de sulfuro y una libra de carbón de leña.

–¿Y qué quiere hacer con eso?

–Pólvora para hacer despegar un cohete.

El vendedor permaneció un rato pensativo y dijo con aire condescendiente:

–Me temo que eso no será posible.

–Pero... ha sido nuestro profesor de química quien nos ha dado la fórmula.

–Sí, pero no puedo proporcionarle esos productos. Hacemos venta al por mayor, no al pormenor. Vendemos nitrato de sodio por vagones, no por bolsas.

–¿Y no les queda un poco en el fondo de algún armario?

–Nuestros productos se almacenan en hangares. Aquí solo los vendemos.

–Vaya...

Me sentía realmente ridículo.

¡Con todo el tiempo que le había dedicado a mi cohete! Había leído todos los libros al respecto. Incluso había aprendido alemán para poder descifrar en versión original las obras de Wernher Von Braun, uno de los pioneros en esta novedosa ciencia.

Junto a mis compañeros Siddens y Sinclair, habíamos pensado en un primer momento construir un cohete de combustión líquida, como los de Von Braun. Pero la dificultad de la tarea nos obligó a revisar los planos. Nuestro profesor de química nos aconsejó entonces utilizar combustible sólido, y todo esto me había llevado hasta un rascacielos en Chicago.

A pesar de este primer desengaño, conseguimos hacernos con los productos necesarios y logramos fabricar el cohete. Estaba compuesto por un tubo de cartón de un metro de largo coronado por un cono de madera. En la base llevaba unas alitas que le permitirían mantener una trayectoria más o menos rectilínea. El interior estaba lleno de la pólvora que nosotros habíamos fabricado. ¡Un proyectil magnífico!

Un sábado por la tarde nos aislamos en un prado para proceder al lanzamiento.

–¡Instalación del misil!

Puesto que yo era el más apasionado de los tres, me había autoproclamado «director de lanzamiento». Yo dirigía las operaciones.

–Vamos a instalarlo allí para apoyarlo contra ese peñasco.

Colocamos el cohete y después introduje una paja en un agujerito que había en la base del proyectil explosivo. Estaba llena de pólvora para hacer de mecha.

–¿Todo listo? Chicos, escondeos por allí, detrás del talud. Yo encenderé la mecha y después voy con vosotros.

–¿Estás seguro de que no estamos cometiendo una estupidez, Jim?

–¿Tienes miedo?

–¿Y si explota cuando lo enciendas?

–¡No te preocupes, lo tengo todo calculado!

Siddens y Sinclair fueron a esconderse. Yo cogí las cerillas y una máscara de soldador para cubrirme la cabeza. Había calculado la longitud de la paja para que me diera tiempo a ponerme a salvo, pero no se podía estar seguro...

Al agacharme frente al cohete, sentí cómo se me aceleraba el pulso. Encendí la cerilla, se la acerqué a la paja y, cuando la pólvora empezó a lanzar chispas, me levanté y salí pitando hasta el talud.

–¿Y?

–Ya está.

Pasaron segundos interminables.

–¿Seguro que has encendido la mecha?

–¡Pues sí, ni que fuera idiota!

–¿No se habrá apagado por casualidad?

De pronto sonó un silbido, después el cohete despegó bruscamente ante nuestros estupefactos ojos. Se elevó en el cielo, haciendo un ligero zigzag y dejando atrás una estela de humo. ¡Era fantástico! ¡Qué orgullo: mi primer cohete había despegado perfectamente! Después, sin razón aparente, a unos veinticinco metros de altura, giró repentinamente a la derecha y, una fracción de segundo más tarde, explotó como un estrepitoso fuego artificial.

–¡Hala! –exclamó Siddens–. ¿Habéis visto eso?

Mientras caían al suelo restos de cartón, regresamos a la base de lanzamiento.

Siddens y Sinclair bailaban y reían.

–¿Habéis visto eso? ¡Bing, bum! Menudo petardo.

A mí no me hacía gracia. Busqué por el suelo, entre los restos humeantes, algún indicio que explicara qué no había funcionado. ¿Habría concebido mal la tobera de escape? ¿La cantidad de pólvora era incorrecta?

De pronto, un sudor frío me heló el cuello: afortunadamente el proyectil había explotado a veinticinco metros de altura y no al encender la mecha...

Aquel primer cohete pudo haber sido el último.»

* * *

Karen Lester pasó otra página de su cuaderno. Ya había rellenado tres. Le encantaban las anécdotas de este tipo: daban vida a un artículo. Y en el caso de Jim Lovell, esto ilustraría a la perfección el nacimiento del «héroe».

–¿Y construyó otros cohetes después?

–Yo sí; mis amigos, no. Para ellos no era más que un pasatiempo. No tardaron en interesarse por otras cosas. Pero yo ya estaba enganchado.

–¿Pensó en convertirlo en su trabajo?

–Me hubiera encantado...

–¿Pero...?

–Pero para concebir auténticos cohetes tendría que estudiar muchos años en la universidad. Y eso es muy caro. Mi padre había muerto cinco años antes y mi madre trabajaba muy duro solo para poder alimentarnos y vestirnos. La universidad no era una opción.

–¿Y qué hizo entonces?

–Pasé la prueba de acceso a la Academia Naval de Annapolis. Allí pude estudiar ciencias, tecnología, mecánica... y la armada me pagaba los gastos. Acabé siendo oficial de marina, después ingresé en la escuela de pilotaje aeronaval y aprendí a aterrizar aviones de caza en portaaviones. Más tarde estuve perfeccionando el uso de otros aparatos, como FJ-4 Fury, F8U Crusader, F3H Demon... Hacia 1957 tenía la sensación de haber probado todo, así que me hice piloto de pruebas en el Centro de Ensayo Aeronáutico de la Marina en Pax River.

Karen Lester apartó los ojos de su cuaderno.

–¿Qué es un piloto de pruebas?

–Alguien que prueba nuevos modelos de avión antes de que se pongan a disposición de otros pilotos. Llevan los prototipos al límite para detectar fallos y pedir modificaciones a los ingenieros...

–¿Y mientras tanto seguía interesado por los cohetes?

–¡Por supuesto! Era el apogeo de la carrera espacial entre Estados Unidos y la Unión Soviética. En mitad de la Guerra Fría, competíamos por enviar el cohete más lejos y por colocar un satélite en órbita alrededor de la tierra.

Lovell arqueó las cejas como asaltado por un recuerdo desagradable.

–Nosotros éramos los mejores en este jueguecito. La tecnología estadounidense era muy superior a la de la URSS. Nunca olvidaré el día cuatro de octubre de 1957: nosotros éramos mejores pero, aquel día, por sorprendente que parezca, los soviéticos fueron los primeros en poner el satélite Sputnik en órbita. ¡Qué humillación!

Lovell meneó la cabeza.

»La respuesta norteamericana no se hizo esperar: dos meses después había un cohete Vanguard listo para el despegue en Cabo Cañaveral[2]. A bordo había un pequeño satélite. Pero poco después de encenderlo, el cohete tembló, se

2. Situado en Florida, Cabo Cañaveral fue rebautizado como Cabo Kennedy en 1964, antes de retomar su nombre original en 1973.

alzó unos centímetros y voló en mil pedazos. ¡Otra humillación! Hasta mi cohete de cartón había volado más alto... ¡Los periódicos de todo el mundo se burlaron de nuestra increíble tecnología!

Karen Lester observó los rasgos del rostro de Jim Lovell. Once años después del Sputnik, parecía no haber digerido aquel fracaso. Sin embargo, en aquel tiempo él todavía era piloto de prueba, así que no formaba aún parte del programa espacial.

–¿Cuándo entró en la NASA?

–Varios meses después del Sputnik, recibí un télex de mi superior. Decía: *Preséntese en la oficina de personal por CNO OP5. Motivo: proyectos especiales.*

–¿¿¿Y eso qué quiere decir???

–En jerga militar, «Motivo: proyectos especiales» significa: «¡No haga preguntas! ¡No hable de esto con nadie, ni con sus compañeros de escuadrilla ni con su mujer! Confórmese con contestar, lo demás se lo explicarán personalmente...»

Karen Lester, intrigada, se enderezó en la silla. Intuía que esta historia le iba a gustar.

–¡Cuénteme más sobre esto! –dijo la joven.

Capítulo tres

Nombre en código: Mercury
Una selección despiadada
El primer hombre en órbita

«La reunión estaba prevista para el día siguiente.

Así, por la mañana, besé a mi mujer y a mis dos hijos y después me fui en coche en dirección a Washington.

Todo este asunto me resultaba extraño. El misterio contenido en el telegrama, el hecho de que me pidieran que me presentara vestido de civil y no de uniforme, incluso el lugar de la convocatoria: generalmente las reuniones tenían lugar en el Pentágono[3]. Pero en esta ocasión debía ir a Dolley Madison House, un hotel particular que entonces pertenecía al gobierno federal.

Y además estaba el coche que me venía siguiendo. Me había fijado en él desde el principio: se me había pegado a la parte de atrás desde Pax River.

_____

3. Nombre que recibe el edificio del Ministerio de Defensa de Estados Unidos.

Durante todo el trayecto, pensé en lo que me esperaba –por deformación profesional imaginaba todas las posibilidades para que no me pillaran desprevenido–. ¿Tendrían algún reproche? ¿Alguna propuesta? ¿Los capos del Ministerio de Defensa tendrían un proyecto de caza nuevo para reemplazar el X-15? ¿Y por qué me hacían venir de civil?

Tras una hora y media de titubeos en vano, aparqué frente a Dolley Madison House. El coche que me seguía se detuvo un poco más lejos. Salí de mi Corvette y me dirigí al encuentro de mis perseguidores; quería aclarar este asunto. Un tipo de cráneo despejado y mirada azul como el acero salió del coche.

–¡Hola, Lovell! –exclamó.

–Eh, Pete, eres tú...

Pete Cobrad era un compañero de escuadrilla. Era gracioso verle vestido de civil.

–Así que tú también has recibido el télex...

–Sí...

–¿Y sabes algo más que yo?

–No...

Entramos en el hotel. Un hombre vestido de civil verificó nuestra identidad y después nos dirigió hasta un auditorio. Una veintena de tipos ya estaban allí ocupando sus sitios. Conocía a algunos, como Wally Schirra, que también era piloto en Pax River. Cuando todos hubimos entrado, el hombre de civil cerró las puertas de la sala mientras que un hombrecillo subía al estrado.

–¡Buenos días, caballeros!

El hombre, al que no conocía, tenía unos cincuenta años. Su rostro redondo y su cabeza calva le daban aspecto de profesor. Incluso cuando sonreía parecía estar serio.

–Me llamo Robert Gilruth y les he convocado aquí para hablarles de un proyecto algo particular. Un proyecto que deben mantener en secreto todavía unas cuantas semanas...

El hombrecillo nos observó durante largos segundos como diciendo: "¡Si alguno no está de acuerdo, que se levante y se vaya!" No hubo movimiento alguno en la sala.

»El cuatro de octubre pasado –prosiguió–, los soviéticos lanzaron el Sputnik. El presidente Eisenhower ha estado muy contrariado y quiere la revancha. Por ello me ha confiado una misión delicada: enviar en un plazo de tres años a un hombre al espacio...

Oí a Pete Conrad silbar entre dientes de la sorpresa. ¿Un hombre en el espacio? ¡En tres años! Eso era tener prisa. Ni siquiera éramos capaces de lanzar un satélite...

»Este proyecto se llama Mercury. Tenemos previsto fijar una cápsula de titanio en lo alto de un cohete Atlas. Un hombre ocupará su interior, será enviado al espacio, permanecerá allí unos instantes y después la cápsula regresará a la Tierra. Más tarde, un segundo hombre será enviado al espacio y se quedará allí algo más. Y después un tercero y luego un cuarto... Al final del programa Mercury, el último hombre permanecerá en órbita alrededor de la Tierra dos días completos.

Era un programa terriblemente arriesgado. ¿Podía un ser humano sobrevivir a la tremenda presión del despegue? ¿Y qué ocurriría si explotase el cohete? Y ahí arriba, ¿no hay radiaciones peligrosas? ¿Y cómo pretendían regresar a la Tierra? Un proyecto arriesgado, pero también de lo más excitante. Los hombres que participasen serían los nuevos pioneros, los exploradores de una de las últimas regiones vírgenes del mundo: ¡el espacio!

»Para este programa –continuó Gilruth– necesito media docena de hombres y no me vale cualquiera. En principio la cápsula Mercury será teledirigida por completo desde la Tierra. Pero el hombre que vaya a bordo tiene que poder tomar el mando en caso de emergencia. He realizado el retrato robot de los futuros "navegantes del espacio": serán pilotos de pruebas de la armada, con mil quinientas horas de vuelo realizadas, menos de cuarenta años, un máximo de un metro ochenta de altura para entrar en la cápsula, una licenciatura en ciencias y condiciones físicas excelentes. He dado estos criterios al servicio de la armada, que me ha proporcionado las fichas de ciento diez hombres que se ajustan. Estos hombres son ustedes. Y entre ustedes se encuentran los astronautas que busco...

Después de cinco minutos, me preguntaba si Gilruth iba

a llegar a tanto, pero cuando le oí pronunciar aquellas palabras sentí escalofríos. Los cohetes habían sido mi sueño de la infancia. Sin duda sería un trabajo muy difícil y quizá peligroso, pero quería participar. ¡Mi lugar estaba ahí!

»Evidentemente –concluyó Robert Gilruth–, no obligaremos a nadie: quiero voluntarios. Y para permitirles que se lo piensen bien, estoy a su disposición para cualquier duda. ¿Hay alguna pregunta?

Silencio en la sala. Entonces se alzaron algunos dedos, entre ellos el mío.

–Sí, usted.

–¿La cápsula existe ya?

–No, aún no hemos fabricado ningún prototipo. Pero sus características están ya definidas. Tendrá la forma de un cono de titanio de tres metros de alto por dos de ancho en la base. Los astronautas estarán encerrados dentro, atados a un asiento que se amoldará a la forma de su cuerpo. ¿Alguna otra pregunta?

–¿Cómo se regresará a la Tierra?

–De hecho, el regreso se producirá en el mar. Cuando la cápsula entre en la atmósfera, se abrirán varios paracaídas para frenarla. Caerá en el océano y un navío la recuperará. A ver... ¡usted!

–¿Quién dirigirá el proyecto? Quiero decir, ¿qué estructura lo controla?

–Excelente pregunta. A cada nuevo proyecto, una nueva estructura: el presidente Eisenhower ha decidido crear una administración civil especialmente dedicada a la conquista espacial. Su nombre es *National Aeronautics and*

Space Administration. Pero ustedes pueden llamarla por sus iniciales: NASA. ¿Sí?

—¿No es famoso el cohete Atlas por... esto... explotar al despegar?

Sonrisas molestas en la sala y el estrado.

—Es cierto que experimentó problemas en el pasado. Pero los ingenieros afirman que están a punto de solucionarlos...

No me hice muchas ilusiones: era muy arriesgado poner el trasero en la punta de un cohete. Pero ¿no lo es también conducir un coche o una moto? Además yo estaba acostumbrado al riesgo. Cuando un piloto de prueba se mete en la carlinga, sabe que puede ser la última vez, pero confía en los ingenieros que conciben los motores. Si no, es mejor que cambien de trabajo.

De todas formas, el deseo de trabajar con cohetes era tal que tenía que tomar parte en el programa. Estaba hecho para mí y yo para él.»

* * *

«Del centenar de pilotos convocados inicialmente, treinta y dos se prestaron voluntarios a convertirse en astronautas. Mis compañeros Conrad y Schirra estaban entre ellos. Varios días después volvimos a encontrarnos en la clínica Lovelace de Albuquerque, en Nuevo México, para continuar con la selección. Después de las pruebas psicológicas, médicas y físicas, no quedaban más que seis.

–Soplen por este tubo –nos pedía una enfermera con blusa blanca–. El objetivo es aguantar el mayor tiempo posible para conocer su capacidad pulmonar.

Dispusieron seis tubos llenos de mercurio en una mesa. El tubo por el que teníamos que soplar se introducía en su base. Cuando la enfermera dijo «¡ya!», los seis miembros de mi grupo –nos habían dividido en cinco grupos de seis o siete candidatos– empezaron a soplar. Diez, veinte, treinta segundos... un minuto... Intentaba leer el sofoco en el rostro de mis compañeros mientras me esforzaba por ocultar el mío. Tras un minuto veinte, el primer candidato escupió su tubo con el rostro carmesí. Después otro. Y luego otro. Yo aguanté un minuto cuarenta. No está mal para empezar.

Más tarde, en otra sala, dos médicos hicieron que me sentara en una silla y empezaron a pegarme electrodos en la cabeza.

–Voy a clavarle una aguja en la mano –dijo el médico–. ¡Sobre todo, no se mueva!

–¿Para qué sirve, doctor?

–Sería demasiado largo de explicar...

Me clavó una especie de jeringuilla en la carne y, casi inmediatamente, sentí una descarga eléctrica atravesándome la mano. Electrocutado, mi brazo se movía solo. Intenté mantenerlo quieto. Era extremadamente doloroso. Y empeoraba a medida que los médicos aumentaban la intensidad de la potencia. Pero tenía que aguantar, no podía desmayarme. Era espantoso. ¿Cuánto tiempo iba a durar? Mi cuerpo entero temblaba de dolor. Era insoportable.

Después silencio.

–Está bien –dijo el médico–. Voy a quitarle los electrodos y podrá llamar al candidato siguiente.

Me levanté con el brazo izquierdo colgando, como muerto. Cuando salí de la sala de tortura, mis compañeros me observaron inquietos. Mi aspecto no debía de ser muy agradable.

–¡El siguiente! –exclamé.

–¿En qué consiste? –preguntó uno de ellos.

–¡Oh! No es nada malo, te produce un hormigueo en el brazo...

No quería mostrar a los demás candidatos mi sufrimiento y mis límites; esta competición nos abría las puertas a un puesto de astronauta.

Un poco más tarde estaba sentado en un pasillo esperando mi turno para otro examen. De pronto, un chico de mi grupo salió de la sala encorvado por la mitad.

–El servicio... Mierda, ¿dónde está el servicio?

–Eh... por allí, creo –contesté bastante sorprendido.

El tipo salió en esa dirección renqueando y refunfuñando. Entonces vino un médico a buscarme.

–Túmbese aquí. Vamos a hacer una radiografía de su intestino. Para ello, un enfermero le inyectará el contenido de una botella de líquido radioactivo.

–Quiere decir que...

–Sí, por el ano. Tendrá que retener el producto durante la radiografía y después podrá ir al servicio a expulsarlo.

–Eh... bueno... adelante.

Me sometí a este examen, así como a los demás.

Como ningún humano había estado nunca en el espacio, los médicos ignoraban qué condiciones había que cumplir para ello. Así que nos hicieron todas las pruebas posibles e imaginables. Y como todos queríamos ser astronautas, nos sometíamos sin rechistar, como dóciles ratones de laboratorio.

Durante siete días y tres noches los médicos analizaron nuestra sangre, nos radiografiaron los pulmones y el vientre, nos inyectaron colorantes en el hígado y agua helada en las orejas, nos contrajeron la próstata, nos vaciaron el intestino hasta seis veces al día, probaron nuestras reacciones al estrés, recogieron muestras de orina y esperma, nos hicieron electroencefalogramas, electrocardiogramas, electromiogramas, electro-no-sé-qué-gramas...

Al final, tras siete días y tres noches infernales, un médico quiso verme.

–Siéntese, por favor.

¿Para qué me convocaba? Que yo supiera, los otros candidatos no habían tenido este tipo de entrevistas... ¿Sería buena señal? ¿El éxito o el fracaso?

–Teniente Lovell –exclamó de golpe el doctor al abrir ante mí mi expediente médico–, ¿ha estado enfermo últimamente?

Mala señal, era mala señal: lo noté en el tono de su pregunta. Intenté parecer lo más natural posible.

–No, ¿por qué?

Cogió una hoja impresa y leyó los resultados de un análisis médico.

–Su tasa de bilirrubina es un poco alta.

–¿Mi tasa de qué?

–De bilirrubina. Es un pigmento amarillo producido por la bilis.

–¿Y eso qué significa? ¿Que estoy enfermo?

–No, más bien que lo ha estado.

–Entonces, ¿ya no lo estoy? –dije sorprendido.

–No necesariamente.

–Entonces todo va bien; así que puedo continuar las selecciones.

–No –respondió fríamente el médico–. Su tasa de bilirrubina es demasiado alta. Lo siento.

El mundo se me venía abajo. ¿Cómo podía rechazar mi candidatura por tan poco?

–Pero vamos, doctor –insistí–, no puede eliminarme porque haya estado enfermo en el pasado.

El médico volvió a poner la hoja del análisis en el expediente.

–Teniente Lovell, mi tarea es seleccionar seis hombres en perfecto estado de salud. De los treinta y dos candidatos que me han presentado, treinta y uno comparten esta condición. En su caso, desgraciadamente, la tasa de bilirrubina es demasiado alta. Quizá no sea grave para viajar al espacio, pero quizá sí lo sea. Lo ignoro. Pero como tengo bastantes candidatos con una tasa correcta, no voy a arriesgarme conservándole. Lo siento.

Estaba destrozado. Quería ser astronauta, había nacido para montar en un cohete. No tenía derecho a eliminarme por tan poco. Era injusto, realmente injusto.

–Pero doctor...

–Lo siento –repitió el médico mientras cerraba el expediente.»

* * *

«Soñaba con vivir la conquista espacial sentado en el interior de una cápsula Mercury; sin embargo, tendría que seguirla desde mi sofá.

El 9 de abril de 1959, dos semanas después de que me eliminaran de las pruebas médicas, y varios días después de las pruebas físicas –en las que los treinta y un candidatos restantes habían sido sometidos a vibraciones, privados de sueño, calentados, enfriados, centrifugados, propulsados...–, estaba sentado en el sofá viendo la televisión con un humor de perros. En la pantalla: un lugar y personas que conocía.

La escena tenía lugar en el auditorio de Dolley Madison House. Sobre el estrado había una mesa alargada. Detrás de ella siete hombres permanecían sentados, intimidados aunque sonrientes. Delante de ellos, una sala llena de periodistas, fotógrafos e invitados. El presentador contó un rollo sobre el heroísmo de los siete primeros astronautas[4] y después los presentó: Virgil Grissom, Gordon Cooper, Donald «Deke» Slayton, John Glenn, Scott Carpenter, Alan Shepard y Walter Schirra.

Los envidiaba. Envidiaba a mi compañero Wally Schirra por haber sido seleccionado. Me hubiera gustado estar en su lugar. Sabía que era capaz de ello... ¡Maldita bilirrubina!

El 29 de julio de 1960, todavía en mi sofá, asistí al lanzamiento de la misión Mercury-Atlas 1: un cohete Atlas envió con éxito una cápsula Mercury... vacía. Se trataba de verificar el material y los procedimientos.

El 21 de noviembre de 1960 seguí la misión Mercury-Redstone 1, en esta ocasión también sin pasajero: la lanzadera Redstone se elevó diez centímetros y después sus motores se detuvieron bruscamente. Milagrosamente el cohete volvió a caer sobre su base sin explotar.

El 19 de diciembre de 1960, una lanzadera Redstone propulsó una cápsula Mercury vacía.

Más tarde, el 31 de enero de 1961, tuvo lugar el primer vuelo tripulado. Un vuelo perfecto: el pasajero regresó a tierra sano y salvo y recibió, como recompensa, un pláta-

4. Originalmente, la NASA quería seleccionar a seis astronautas. Pero como no se consiguió elegir entre los siete mejores candidatos, se quedaron con todos.

no. Antes de enviar humanos al espacio, la NASA había preferido mandar a Ham, un chimpancé de dos años.

El 21 de febrero y después el 24 de marzo de 1961, se enviaron otras dos naves no tripuladas para realizar más pruebas.

Finalmente, el 12 de abril, el primer ser humano voló al espacio. Yo estaba conmocionado, y creo que todos los norteamericanos estaban igual. El cohete despegó sin problemas y la cápsula pasó más de una hora en órbita alrededor de la Tierra antes de descender. Media hora más tarde, su ocupante ponía el pie en tierra firme. Youri Gagarin había sido el primer hombre en el espacio. ¡Pero Gagarin era soviético!

Después de la bofetada del Sputnik, la URSS nos había sacado ventaja, nos había humillado... Sabíamos que la batalla con los rusos estaba muy reñida. Pero, cuatro meses antes, sus cohetes habían fallado dos veces con perros a bordo, por lo que nadie los creía capaces de enviar a un hombre al espacio tan deprisa. Nos habíamos equivocado.

¡Mercury debía ser sinónimo de revancha, pero al final lo era de derrota! Y no fue el vuelo suborbital de Alan Shepard, tres semanas después, lo que curaría nuestra herida. Comparado con la vuelta a la Tierra de Gagarin, aquel vuelo de quince minutos no era más que un salto de pulga...

Pero Estados Unidos no podía quedarse así, sin reaccionar. En plena Guerra Fría, teníamos que mostrar al enemigo soviético nuestro potencial tecnológico. El presidente

Kennedy, recién elegido, lo hizo lanzando el desafío más increíble. Un mes y medio después de la proeza de Gagarin, declaró ante el Congreso: «Ya es hora de que nos lancemos a una nueva empresa norteamericana, de que nos pongamos a la cabeza de las actividades espaciales, que son la clave de nuestro porvenir en la Tierra. Nuestra nación debe comprometerse a lograr que un hombre aterrice en la Luna y que vuelva a la Tierra sano y salvo antes de que acabe la década.»

¿Antes de que acabe la década? Al oír eso casi me ahogué. Kennedy quería golpear con fuerza, pero, ¿no sería eso demasiado fuerte? Ocho años parecían pocos, y nosotros apenas lográbamos poner a un hombre en órbita alrededor de la Tierra. No sería suficiente ni invirtiendo miles de millones de dólares ni haciendo trabajar a cientos de miles de personas. Ocho años, ¿se imagina?

Y al mismo tiempo...

Al mismo tiempo, si el increíble programa Apolo se ponía realmente en marcha, tendrían que reclutar más astronautas. Quizá podría presentarme. Por supuesto, mi primer fracaso había sido difícil de digerir y no quería vivir otro. Pero el que no se arriesga no gana, ¿verdad? Además, la situación había cambiado un poco en dos años: ya había hombres que habían ido al espacio y habían vuelto vivos. Quizá los médicos fueran más flexibles.

Un año más tarde se organizaron de nuevo selecciones. Confiando en mis posibilidades, participé en ellas y el 11 de septiembre de 1962 la NASA anunció a la prensa la composición del segundo grupo de astronautas. Estaba formado por nueve hombres: Neil Armstrong, Frank Borman, mi compañero Pete Conrad, James McDivitt, Elliott See, Thomas Stafford, Edward White, John Young y... yo mismo.

¡Lo había logrado! Iba a formar parte de la NASA y a cumplir mi gran sueño: vivir en contacto con cohetes, participar en la conquista espacial y, quizá algún día, pisar la Luna...»

Capítulo cuatro

Objetivo la Luna
En el entrenamiento
La parte sumergida del iceberg

Con aquella caligrafía que parecía patas de mosca en el papel, Karen Lester anotaba la vida del astronauta en su cuaderno de espiral. Intentaba escribir el mayor número de detalles, de anécdotas. Algunas veces dudaba de la ortografía de algún nombre propio (¿Wally Shira, Walli Schira, Wally Schirra?)... pero no quería interrumpir el hilo de la historia por tan poca cosa. De regreso a Nueva York pediría a un documentalista de *Time* que buscara la ortografía correcta en sus archivos.

De vez en cuando, en el margen, anotaba una impresión personal sobre el astronauta. «Muestra poco sus sentimientos», «soltura (con periodistas)», «más bien gracioso», «¡tenaz!».

Sí, tenaz era la palabra que mejor definía a Jim Lovell. ¿Su primer cohete había explotado? ¡Y qué! Había fabricado otros. ¿Su madre no había podido pagarle los estudios? ¡Y qué! Entró en una academia militar. ¿La NASA había rechazado su candidatura como astronauta? ¡Y qué! Se presentó a la segunda selección. El hombre era tenaz, perseverante.

¿Eso no es lo que hace a un héroe?

Sin duda, no. Karen Lester también había tenido que hacer pruebas de tenacidad para conseguir ser periodista en una época en la que casi todos los que se dedicaban a eso eran hombres. Y sin embargo ella no era una heroína... excepto, quizá, para su sobrina Jenny.

¿Serían entonces los viajes al espacio lo que hacen de uno un héroe? ¡En ese caso, el chimpancé era uno! En 1961, *Time* habría tenido que publicar el titular «Ham, primate del año». ¿Y si el primer hombre en pisar la Luna fuera... un mono? La periodista lo imaginó metido en su escafandra dando saltitos en la Luna y golpeándose la cabeza con la palma de la mano.

–¿Ocurre algo? –preguntó sorprendido Jim Lovell.

–¿Cómo dice?

–Ha dejado de escribir y parece estar en la Luna. ¿Va todo bien?

–Pues... sí... estaba reflexionando... pensaba que...

–Sí...

–Bah, déjelo.

Hablar de las aventuras de Ham, el chimpancé lunar, habría sido inoportuno y descortés.

–¡Sí, dígame!

–Pensaba... pensaba en que... acaba de decir que ocho años son pocos para llegar a la Luna. No sé mucho de tecnología... el funcionamiento de un bolígrafo me parece un misterio... pero ¿por qué ocho años iban a ser poco cuando bastaron tres para enviar al hombre al espacio?

El astronauta reflexionó unos segundos.

–Lo entenderá muy bien... Imagine que ahora mismo le encargo que conciba una nave espacial para enviar varios hombres a la Luna. ¿Cómo se lo tomaría? ¿Cómo vería ese viaje?

La periodista se quedó un instante desconcertada: normalmente era ella quien hacía las preguntas. Pero bueno, ¿por qué no?

–No lo sé... Creo que enviaría la nave espacial a la Luna, donde se posaría. Los hombres saldrían. Después, regresarían a la nave, que despegaría y volvería a la Tierra.

–¡Exacto! Esa fue la primera solución que consideró la NASA. Pero hay un problema: para hacer que la nave despegue de la Luna, hace falta que tenga motores enormes. Así que hace falta una nave grande. Y para hacer que una nave grande despegue de la Tierra, hace falta un cohete enorme. Es posible, pero es muy complicado y muy caro. ¿Cómo podría hacerlo de otro modo?

La periodista se rascó la cabeza.

–Se podría concebir una nave en dos partes, enviarlas a bordo de dos cohetes, ensamblarlos en órbita alrededor de la Tierra y enviar el conjunto a la Luna. Eso funcionaría, ¿verdad?

Jim Lovell meneó positivamente la cabeza.

–Sí, eso funcionaría. Fue la segunda solución que la NASA investigó. Pero habrían hecho falta dos cohetes para cada viaje a la Luna. Demasiado caro.

–¿Entonces?

–Entonces esto es lo que pensaron: enviar al espacio una nave a bordo de un solo cohete. Pero una nave de dos partes: un módulo grande y otro pequeño. Cuando la nave se pusiera en órbita alrededor de la Luna, el módulo pequeño, llamado Lem[5], se desprendería y se posaría. El Lem, al ser pequeño, no tendría ningún problema para despegar de nuevo. Se acercaría al módulo grande, se amarraría a él y después volvería a la Tierra. Así es como iríamos a la Luna.

Karen Lester había dejado de escribir al principio de la explicación: escuchaba cautivada. Dicho así, parecía de lo más sencillo.

»Pero para que funcionara –matizó Lovell– hubo que resolver muchos problemas. Los ingenieros tuvieron que imaginar una nave que pudiera albergar tres astronautas durante unos diez días, el tiempo del viaje de ida y vuelta. Tuvieron que poner a punto sistemas de amarre en ambos módulos espaciales. Tuvieron que concebir escafandras

5. Lem o LM es la abreviatura de *Lunar Module* [Módulo Lunar].

para poder caminar por la Luna. Hace siete años, cuando el presidente Kennedy dio su discurso en el senado, todo esto no existía.

Karen Lester se rascó de nuevo la cabeza. Tras la aparente simplicidad, la complejidad; tras la sonrisa de bailarín estrella, años de duro trabajo.

»Para probar toda esa tecnología –concluyó Jim Lovell–, hizo falta sacar adelante otro programa anterior al Apolo: el programa Gemini. La cápsula Gemini, más grande que la Mercury, podía albergar dos astronautas. En medio del programa Gemini, el 4 de junio de 1965, Ed White hizo una salida al espacio para probar las escafandras. Con Gemini 7, en diciembre de 1965, nos quedamos treinta días en órbita alrededor de la Tierra; todo un récord, además de ser mi primera misión. Finalmente, en julio de 1966, Gemini 10 se amarró a un cohete Agena mientras orbitaba alrededor de la Tierra. Como ve, ocho años no son tantos para poner los pies en la Luna. Sin contar con que hay que...

Jim Lovell se quedó callado como si una idea le acabara de cruzar la mente. Miró su reloj.

»Deben seguir ahí... Venga. Quiero enseñarle una cosa.

* * *

–Houston, nos haría falta un OK para el LOGIC y un OMNI.

–OK para el LOGIC.

–Has oído, Russel, OK.

–Recibido.

–Tenéis un OMNI Alpha.

–Gracias.

–James, ¿me das el radar de encuentro?

–OK, Russel. ¿Estás ahí?

–Estoy a cinco grados.

–OK, lo tienes. 282.

Karen Lester escuchaba sin entender nada. Jim Lovell la había llevado a una oficina destinada a la prensa en otro edificio, el 30 N.

Un ventanal acristalado daba a la sala de control, la famosa sala que se veía en los reportajes sobre los vuelos tripulados norteamericanos. En forma de anfiteatro, albergaba decenas de pupitres con pantallas de control. Los hombres, todos vestidos de blanco, trabajaban al rededor de los pupitres.

–¿Qué ocurre? –preguntó la periodista.

–Durante el vuelo, la información recogida a bordo de la nave llega aquí: trayectoria, presurización, indicadores de capacidad... Los ingenieros analizan esos datos en directo y corrigen a la nave si es necesario. El tipo aquel con el micrófono es el Capcom. Toda la comunicación entre la Tierra y los módulos espaciales pasa por él.

El «Capcom» se inclinó hacia su micrófono y el altavoz de la sala de prensa retumbó:

–Aquí Houston, tengo 500, 501, 502, y más 3 menos 590.

–Recibido. Tenemos un 273,0 por 109,2. Parada en dos minutos. Temperatura del radar, cien grados.

Karen Lester se volvió hacia Jim Lovell.

–¿Quién acaba de hablar?

–¿Ve esas dos pantallas de televisión?

En una de ellas había un hombre vestido de astronauta con aspecto cansado amarrado a un asiento. Tenía enfrente una armada de botones, indicadores luminosos e interruptores. En la otra pantalla, otros dos astronautas sentados en otra cabina.

–Esos dos de ahí –explicó Lovell– son James McDivitt, el comandante de la misión Apolo 9, y Russel Schweickart, el piloto del Lem. Y ese otro de ahí es David Scott, el piloto del módulo de mando. Están a punto de unir el Lem y el módulo.

–¿Quiere decir que ahora... ahora mismo?

–¡Por supuesto!

La periodista pataleó: le encantaba estar en mitad de la acción. ¡Había venido para hacer una entrevista a un astronauta y, por casualidad, en ese mismo momento, dos módulos espaciales se estaban uniendo!

–David, vamos a la deriva. Debes poner en marcha el ATTITUDE CONTROL.

–OK.

–Vamos a ver. ¿Cuánto tenemos aquí? Aquí tenemos un 76, creo.

–Sí, eso es.

–Bueno, adelante VERB 82.

–VERB 82. Recibido.

Karen Lester seguía sin entender nada de lo que decían, pero lo encontraba apasionante. ¡Era testigo directo de la Historia!

–¿Y qué hacen esos de ahí?

En la sala de control, dos ingenieros se habían reunido con un tercero en torno a una pantalla de control. Llamaron a otro más, que acudió corriendo.

–No lo sé. Estarán verificando algún dato.

Uno de los hombres dijo algo –desde la sala de prensa no se oía lo que decían al otro lado– y todos se volvieron hacia él.

–Está pasando algo –murmuró Lovell.

Un tipo alto, de unos treinta años, con el pelo rubio de cepillo y aspecto militar, se unió al grupo de ingenieros.

»Él es Gene Kranz, el director de vuelo.

Kranz fue a ver al Capcom, hablaron varios segundos y entonces el Capcom se inclinó hacia el micrófono. El altavoz de la sala de prensa crepitó.

–David, aquí Houston. ¿Me recibes?

–Afirmativo.

–¿Puedes decirme la temperatura que marca el radar de unión?

–Ciento diez grados.

–Recibido.

Los ingenieros se agitaron. Lovell se frotó el mentón con el pulgar y el índice, perplejo.

–Bueno...

–¿Es grave?

–No necesariamente...

–¿Qué ocurre, señor Lovell?

–Es el radar. Algo no funciona correctamente. Y eso pone en peligro la unión entre el Lem y el módulo.

–¿Y?

–El Lem tiene que unirse sin falta al módulo. Lleva el blindaje térmico y los paracaídas para volver sano y salvo a la Tierra...

–Eso quiere decir que los pasajeros del Lem...

La periodista no terminó la frase. Lanzó una mirada nerviosa a las pantallas de televisión: atados a los asientos, los astronautas estaban igual de concentrados con sus instrumentos y sus datos. Ninguna inquietud podía hacerles dudar.

–McDivitt, aquí Houston. Podemos intentar acercar el instrumental.

–Recibido, Dave. FIDO estudiará la cuestión. Luego llamamos.

Gene Kranz se sentó en su pupitre muy pensativo. La única muestra visible de nerviosismo: hacía girar un cuaderno de papel entre los dedos.

–¿Qué va a ocurrir? –preguntó la periodista.

–Van a buscar alguna solución. Alguna habrá. Seguro que la hay.

«Qué hombres tan impresionantes –pensó Karen Lester–. ¡Qué control de sí mismos! Yo, que pierdo los nervios a la mínima en un ascensor...»

–Venga –dijo Jim Lovell–. Volvamos a mi despacho.

–Pero...

¿Por qué quería irse ya? ¡Estaba pasando algo importante, quizá algo grave! Tendría que quedarse hasta el desenlace. ¿Tendría el astronauta miedo a la prensa?

–Pero... tenemos que quedarnos... ¿No quiere saber cómo van a solucionarlo?

–Sí, por supuesto.

–Pues entonces quedémonos un poco más.

–No. Sería una pérdida de tiempo. Ya le preguntaré cómo acaba la historia a McDivitt. Comeré con él en la cafetería.

–¡McDivitt! –dijo la periodista con cierto sofoco–. ¿Se refiere al... al astronauta del Lem?

Jim Lovell lanzó una carcajada.

–Pues sí. ¿Por qué?

–¿Estará de vuelta en la tierra?

–Pero si no se ha marchado, querida mía. ¿Creía realmente que estaban en el espacio?

* * *

Karen Lester estaba temblando. Jim Lovell y ella volvían a pie hasta el edificio 5. Ella sentía un poco el frío, pero sobre todo sentía una vergüenza sorda. Al pensar en ello, tenía que haberse dado cuenta de que algo fallaba. Si un cohete hubiera despegado en otra misión Apolo, seguro que los periódicos habrían hablado de ello y ella lo habría sabido. En mitad de la acción, no había tenido tiempo de reflexionar.

–Cualquiera podría haberse confundido –dijo Jim Lovell para tranquilizarla, como si pudiera leer sus pensamientos–. Lo que acaba de ver ahora mismo son los verdaderos astronautas de la misión Apolo 9. Estaban al mando de un auténtico Lem y un módulo real. Y las maniobras que estaban ensayando las tendrán que repetir dentro de tres meses en el espacio. En cualquier caso, toda la sala de control, absolutamente toda, está funcionando como durante una misión de verdad: las pantallas de control, las redes de comunicación, los ingenieros, el Capcom... La única diferencia entre este ejercicio y una misión real es que las naves no están en el espacio sino en el edificio 5...

–¿Y los datos? ¿Dice que la sala de control controlaba los datos provenientes de la nave? Si ésta está en tierra, ¡no tiene ningún sentido!

–Exacto. Por eso, durante las simulaciones, todas las señales vienen de una tercera sala junto a la de control. Allí, los supervisores de simulación envían todos los datos de un vuelo normal a la vez a los astronautas y a los ingenieros. Pero los de simulación son algo maliciosos: envían algunas veces datos falsos e inventan todo tipo de trampas para probar la perspicacia y los reflejos tanto de astronautas como de controladores. Así, durante una misión real, cada uno sabe cómo reaccionar si hay problemas.

–Impresionante.

–Sobre todo indispensable: antes de enviar hombres y material al espacio, hay que probarlo todo en tierra.

Jim Lovell barrió con un movimiento de la cabeza los distintos edificios del Centro.

–Hace ocho años, aquí mismo, había campos de maíz. Todos estos laboratorios se construyeron especialmente para que un estadounidense caminara sobre la Luna. Decenas de millones de dólares invertidos para acorralar el azar, para no dejarle ni un espacio...

El astronauta señaló un inmenso edificio blanco.

»Eso, por ejemplo, es el laboratorio de simulación del medio espacial. Alberga una cámara de vacío de treinta y seis metros de altura donde se controla la unión de las naves espaciales. Y detrás de nosotros, en el edificio 29, hay una piscina donde nos entrenamos con las escafandras.

Karen Lester volvió a pensar en Ham, el chimpancé del espacio. Si tenía un lugar a bordo de una cápsula Mercury, dirigida por completo desde el suelo, estaba claro que el programa Apolo no era para él. Afortunadamente no lo había nombrado antes delante de Jim Lovell...

–Realmente impresionante –repitió la periodista–. El

otro día, en Nochebuena, cuando lo vi en directo en televisión con sus dos compañeros subidos en la cápsula, no imaginaba todo esto.

–Los astronautas no son más que la parte visible del iceberg... La mayoría del trabajo se hace en la Tierra. Sin los ingenieros, los técnicos, los controladores, no seríamos nada.

–¿Y cuántos son?

–Unos tres mil, solo en Houston. Y hay más o menos los mismos en Cabo Kennedy, en Florida. Ahí es donde se ensamblan los misiles Saturno V y allí realizamos los despegues. Y allí están también los simuladores de entrenamiento.

–Realmente impresionante.

«Para ser justos –pensó Karen Lester–, habría que nombrar "hombres del año" a todo el personal de la NASA.»

El astronauta y la periodista se internaron en el edificio 5, regresaron al agradable calor y al pequeño despacho recubierto de diplomas. La periodista se sentó en su silla, sacó el cuaderno de espiral y el bolígrafo y dijo:

–Ahora hábleme del Apolo 8.

Capítulo cinco

Cambio de programa
Lo que hay tras la Luna
El regreso de los héroes

Al otro lado de la ventanilla, la noche era negra, moteada de millones de estrellas. Al mirar hacia abajo se adivinaba la Tierra, más oscura aún que el cielo. Por todas partes se distinguían minúsculas manchas luminosas que revelaban la presencia de una granja perdida en el campo o una carretera iluminada. Algunas veces un resplandor más grande indicaba un pueblo o una ciudad, un oasis de vida en el corazón de las tinieblas.

Karen Lester soñaba con la cabeza apoyada en la ventanilla. Su avión llegaría pronto a Nueva York. Acababa una jornada larga y fatigante. Pero la periodista estaba satisfecha: su entrevista con el astronauta había resultado fructífera.

Y, al final, había hallado la respuesta a su pregunta: «¿Era Jim Lovell un héroe?»

La preparación para el proyecto Apolo 8, según la había contado el astronauta, había sido épica: en el programa inicial, la nave debía permanecer en órbita alrededor de la Tierra para probar la unión del Lem. Y Lovell no podía participar en el viaje.

Pero después de más de diez años, los soviéticos habían superado a los norteamericanos en todos los ámbitos de la conquista del espacio: primer satélite artificial, primer hombre en el espacio, primera mujer en el espacio, primera salida en escafandra, primeras imágenes de la cara oculta de la Luna, primera sonda en llegar a dicho astro. Y, en julio de 1968, es decir, seis meses más tarde, una nueva humillación se perfilaba en el horizonte...

Robert Gilruth, director del Centro de Vuelos Tripulados, convocó urgentemente a su director adjunto, Chris Kraft, y al jefe de los astronautas, Deke Slayton.

GILRUTH: Señores, tenemos serios problemas con el Apolo 8.

KRAFT: ¡Efectivamente! El Lem tiene fugas por todas partes, sin contar con los sistemas eléctricos e hidráulicos. Hay que revisarlo todo. No estará listo a tiempo...

GILRUTH: ¡Por desgracia, eso no es todo! Nuestros servicios secretos aseguran que los rusos están a punto de enviar un módulo tripulado a la Luna.

SLAYTON: ¡Maldita sea! ¡Todavía no!

GILRUTH: Sí, quizá para finales de año. No para alunizar, sino para poner a un hombre en órbita. Si lo logran antes que nosotros, será otra derrota. Chris, ¿podrías modificar el plan de vuelo del Apolo 8? Lo siento por el Lem y la unión de los módulos, ya lo haremos más adelante. ¿Podrías mandar un módulo de mando con su tripulación a la Luna para dar la vuelta y ganar a los soviéticos?

KRAFT: No, imposible. Hemos pasado meses programando los ordenadores para la unión del Lem. No tendríamos tiempo de reprogramar todo para una misión así...

GILRUTH: Oh... Pero tú, Deke, si a pesar de todo el Apolo 8 partiese a la Luna en diciembre, ¿tendrías una tripulación que proponerme?

SLAYTON: Veamos... Déjame pensar. La tripulación prevista para el Apolo 8 es McDivitt, Scott y Schweickart. Llevan tanto tiempo entrenando en el Lem que se han convertido en expertos en problemas de unión: voy a mantenerlos en este tipo de operación. Si la misión de «acoplamiento» se retrasa, voy a retrasar la partida... Necesitaré otra tripulación... La tripulación prevista para el Apolo 9 podría servir: si les metemos en la nueva misión Apolo 8 con un entrenamiento intensivo, debería ser suficiente...

GILRUTH: Refréscame la memoria: ¿a quién tenías previsto para el Apolo 9?

SLAYTON: Borman de comandante, Lovell y Anders de pilotos.

GILRUTH: ¡Perfecto! Chris, ¿estás seguro de que es imposible reprogramar los ordenadores para una misión lunar en diciembre?

KRAFT: Hmmm... Siempre se puede preguntar a mi personal. Dame cuarenta y ocho horas y te daré una respuesta definitiva.

GILRUTH: Está bien.

Dos meses después de esta reunión, el 15 de septiembre de 1968, los soviéticos enviaron una nave Zond al espacio. El vehículo sobrevoló la Luna antes de volver a la Tierra y posarse en el Océano Índico.

Por primera vez, una nave espacial había llegado a la Luna y había regresado después. Pero era una nave sin tripulación.

El 10 de noviembre siguiente, los soviéticos rehicieron su hazaña, pero de nuevo lo intentaron con una nave sin tripulación. No cabía ninguna duda: el próximo vuelo sería tripulado.

Acorralado por los avances soviéticos, el administrador de la NASA anunció, cuatro días más tarde, el cambio de programa norteamericano: el Apolo 8 despegaría tripulado el 21 de diciembre rumbo a la Luna. Este cambio sorprendió a todo el mundo ya que parecía arriesgado: ¿no era peligroso enviar un módulo tripulado sin probar antes con el módulo vacío?

El 7 de diciembre, los soviéticos lo tenían todo dispuesto para un lanzamiento con el que ganar a los estadounidenses. Pero, por razones desconocidas, aquel día, ningún cohete despegó del cosmódromo de Baikonur. Los rusos acababan de dejar pasar su última oportunidad.

Y así fue que, el 21 de diciembre de 1968, la tripulación compuesta por Borman, Lovell y Anders despegó rumbo a la Luna...

Con la cabeza apoyada contra la ventanilla del avión, Karen Lester hojeaba mecánicamente su cuaderno de espiral. Las páginas ennegrecidas rastreaban todos los grandes momentos de aquel increíble periplo: las impresiones del despegue, la vida de los tres tripulantes del módulo, cómo bebían y cómo hacían pipí en ingravidez, en qué se piensa cuando se está cerca de la Luna, la emisión de televisión en directo desde el módulo en Nochebuena, el regreso a la Tierra, la tensión del momento del amerizaje, la alegría inmensa de regresar con los suyos, el recuerdo más intenso del viaje...

* * *

«¿Mi recuerdo más intenso?

Hay muchos... Toda la misión fue extremadamente intensa. Pero si tuviese que quedarme con uno solo, diría... pasar por detrás de la Luna. Sí, sería ese: pasar por detrás de la Luna.

Después del despegue, durante tres días de viaje, estuvimos en contacto permanente con Houston. Cuando teníamos que realizar una maniobra, oíamos la sala de control detrás, lista para ayudarnos. Y cuando no teníamos nada que hacer, el Capcom nos daba noticias frescas de la Tierra, los cotilleos de los famosos o los resultados del campeonato de béisbol. Nos hacía compañía. A pesar de los cientos de miles de kilómetros de distancia, siempre estábamos unidos a la Tierra por un hilo invisible, una voz. Unos cuantos minutos antes de pasar por detrás de la Luna, aquella voz empezó a sonar cada vez más entrecortada. Las ondas de radio no podían contornear la Luna, sabíamos que el enlace con la Tierra no tardaría en cesar. Durante unos cuarenta minutos habría silencio. Estaríamos solos en la cápsula, solos detrás de la Luna.

Los auriculares de los cascos sonaron por última vez:

–¡Buena suerte, muchachos! –gritó el Capcom para que pudiésemos oírle.

–Gracias a todos –respondió mi compañero Anders.

–Nos vemos al otro lado –añadió.

–Todo irá a las mil maravillas –concluyó el Capcom.

Después el enlace se esfumó.

Estábamos solos en el mundo.

Había pensado mucho en ese momento, había imaginado que sería algo increíble, pensaba que ninguna palabra sería lo bastante fuerte para describir ese instante histórico en el que, por primera vez, el hombre pasaría por detrás de la Luna. El momento había llegado, pero... no sentía nada. ¿Cómo explicarlo? A parte del silencio, nada había cambiado con respecto al minuto anterior: seguía en ingravidez; mis dos compañeros estaban allí; los instrumentos de a bordo funcionaban correctamente. Estábamos detrás de la Luna, cierto, pero no lo podíamos percibir: las cinco ventanillas de la nave estaban dirigidas hacia el otro lado, hacia las estrellas. El momento quizá fuera histórico, pero no lo parecía en absoluto...

Además, tenía que concentrarme en la maniobra: como piloto del módulo, debía ralentizar el vehículo para ponerlo en órbita en torno a la Luna. Me tumbé en mi asiento, introduje las instrucciones en la computadora, un «99-40» parpadeó en la pantalla, apreté el botón de «MARCHA», el motor principal se encendió y sentí una ligera desaceleración. Duró cuatro minutos treinta, después el motor se detuvo, como estaba previsto.

Verifiqué los datos en el cuadro de mando.

–¡Hemos ganado! –grité–. Estamos en órbita.

–Esperemos –dijo Borman, moderado– a que el motor vuelva a encenderse mañana para volver a casa... Y ahora intentemos ver algo.

Se adueñó de la palanca de altura, a la derecha de su asiento, y la accionó. Los micropropulsores liberaron varias bocanadas de gas, lo que hizo que el módulo rotara sobre sí mismo. El cielo estrellado desfilaba al otro lado de mi ventanilla. El módulo giraba y giraba cuando de pronto oí a Borman silbar de asombro. Giré la cabeza hacia él: miraba por su ventanilla con los ojos como platos. Volví a mirar por la mía y fue mi turno para verla aparecer. Ahí estaba, gris como el yeso.

–Extraordinario –exclamé.

—Asombroso –añadió Anders.

El espectáculo era absolutamente alucinante, no había nada igual. La superficie de la Luna visible desde la Tierra parece apacible y uniforme, mientras que su parte oculta resulta caótica y deforme. Hay miles de cráteres, algunos más pequeños que una casa, otros más grandes que un país, decenas de miles de cráteres se juntan, se superponen, los pequeños aparecen dentro de los grandes, se recortan sus bordes, se devoran los unos a los otros. La Luna ofrece una cara marcada, enferma, desfigurada, herida por la caída de meteoritos.

Durante unos veinte minutos, el tiempo restante sin conexión de radio, observamos, subyugados, aquel paisaje increíble, olvidando nuestra misión y nuestro plan de vuelo. Varias sondas ya habían fotografiado la cara oculta de la Luna, pero esta era la primera vez que el ser humano la veía con sus propios ojos. Era absolutamente fabuloso.

Y entonces, repentinamente, una especie de velo curvo y lechoso apareció tras el horizonte lunar. Era como si la superficie gris y muerta de la Luna diera a luz a una cosa: una esfera blanca y azul salía, crecía. Cuando comprendí qué era, un escalofrío recorrió mi cuerpo.

—¡La salida de la Tierra! –confirmó Borman a la vez.

Sí, era la Tierra. Con sus colores, parecía viva y acogedora. Observé, admirado, este planeta milagroso. De ahí venía yo. Ahí, en un jardín, una mujer y sus hijos miraban hacia aquí y pensaban en mí: mi mujer y mis hijos...

Entonces sentí algo muy intenso que nunca había sentido antes: mi identidad profunda. Había necesitado alejarme de la Tierra más de trescientos mil kilómetros para comprender que aquel pequeño planeta azul era mi hogar, mi casa. ¡Era un terrícola!

–Haz fotos –exclamé dirigiéndome a Anders, el fotógrafo oficial de la misión.

–¿No crees que habría que esperar a la hora prevista?

No podía quitar los ojos de aquella salida mágica de la Tierra. Tenía que conservar un recuerdo físico para compartirlo más tarde con los míos.

–Haz fotos –repetí.

* * *

–Damas y caballeros, aquí el jefe de cabina. Vamos a emprender el descenso hacia el aeropuerto John-Fitzgerald-Kennedy. Aterrizaremos en Nueva York a las 20.45h. Por favor, vuelvan a sus asientos, apaguen sus cigarrillos y ajusten sus cinturones. ¡Gracias!

Karen Lester cerró su cuaderno en espiral.

En el asiento de su derecha un hombre vestido con corbata cerró su revista. Curiosa coincidencia: en la portada había una foto de Borman, Lovell y Anders en escafandra delante de un simulador, así como la famosa instantánea de la Tierra vista desde la Luna que Anders había tomado.

Sí, Jim Lovell y sus dos compañeros eran héroes de toda una nación.

Durante la misión, más de mil periodistas acreditados habían relatado hasta el más mínimo detalle de las gestas de la tripulación. Pegados a la pantalla de sus televisores, decenas de millones de norteamericanos vivieron en directo esta victoria histórica de los Estados Unidos sobre la Unión Soviética. Una auténtica efervescencia recorrió todo el país y se prolongó mucho después del regreso a la Tierra de los astronautas: recibidos por el presidente de Estados Unidos, fueron llevados triunfantes por las calles de Nueva York y *Time Magazine* los nombró «hombres del año».

Tras medio día en compañía de Jim Lovell, Karen Lester estaba finalmente convencida: el astronauta y sus compañeros merecían realmente el título. Por la dedicación, la perseverancia y el coraje, y gracias al trabajo de la NASA, habían logrado una hazaña inaccesible al común de los mortales: habían sido los primeros humanos en abandonar la Tierra y su periferia para aventurarse a nuevos espacios. A bordo de un esquife endeble, habían sobrevolado territorios vírgenes. Eran los exploradores de los tiempos modernos, dignos sucesores de Colón y de Magallanes.

Sí, Lovell y sus dos compañeros eran héroes.

Pero la periodista no se hacía ninguna ilusión: su celebridad duraría lo que duran los récords, apenas un instante. Pronto, otros norteamericanos volarían a la Luna, esta vez para aterrizar. Y, en el instante preciso en el que uno de ellos pusiera el pie en ella, reemplazaría a sus predecesores en los periódicos y la memoria de los demás.

El nombre de Jim Lovell desaparecería.

A menos que... a menos que fuera él el primer hombre en la Luna.

De hecho, ella le había preguntado:

–¿Puede decirme quién será el primer astronauta que pise la Luna?

–No –Fue la respuesta de Lovell.

–¿No ha sido aún designado o es que no me lo quiere decir?

–Que yo sepa, Deke Slayton aún no ha tomado esa decisión.

–¿Podría ser usted el elegido?

–Sí, estoy entre los finalistas.

–Supongo que usted sueña con caminar por la Luna...

–Sí, es el mayor de mis sueños... sería la culminación de mi carrera de astronauta. Y si además pudiera ser el primero...

¿Ignoraba realmente Lovell el nombre del primer hombre en la Luna? Karen Lester tenía sus dudas.

Al guardar su cuaderno de espiral en el bolso, echó un vistazo por la ventanilla. El avión estaba sobrevolando Manhattan. Los rascacielos iluminados parecían árboles de Navidad en medio de la noche. Era magnífico.

El Boeing aterrizaría en unos minutos. Aunque la periodista no tenía miedo a los aviones, al final de cada vuelo, cuando las ruedas tocaban el suelo, se sentía aliviada. Estaba contenta de retomar el contacto con tierra firme. Ella también se sentía profundamente «terrícola».

«En cualquier caso –pensó–, hay que estar un poco loco para querer irse a la Luna.»

Segunda parte

Apolo 11
(Julio de 1969)

Capítulo único

Rumbo a la Luna
«Un pequeño paso para un hombre»
Por los pelos

Domingo 20 de julio de 1969.

El día histórico por fin había llegado.

Aquel día, en su pequeño apartamento neoyorquino, Karen Lester dejó la televisión encendida permanentemente. Desde su artículo sobre Jim Lovell, seis meses atrás, había estado siguiendo todas las misiones Apolo: Apolo 9, con las pruebas del Lem en órbita al rededor de la Tierra; el Apolo 10[6], un ensayo general en órbita alrededor de la Luna. Pero hoy era el gran día. En varias decenas de minutos, quizá menos, un hombre pisaría por primera vez el suelo de otro astro. O más bien dos hombres, ya que estaba previsto que dos astronautas del Lem salie-

---

6. La tripulación del Apolo 9: McDivitt, Scott y Schweickart. La tripulación del Apolo 10: Stafford, Young y Cernan.

ran. Mientras secaba los platos de la cena, la periodista lanzó una mirada a la pantallita.

La imagen mostraba un vehículo lunar posado en un suelo gris cubierto de pequeños cráteres. Con las patas desplegadas, parecía una araña de ciencia-ficción. De pronto, una mano gigante, tan grande como el Lem, apareció en la pantalla en la parte superior derecha, se dirigió hacia la puerta, la abrió con los gruesos dedos y sacó un astronauta de plástico.

—Otra de sus maquetas —suspiró Karen Lester dejando el trapo.

Al mismo tiempo, en el verdadero Lem, los dos astronautas acababan de prepararse. Se habían puesto las escafandras y las habían sellado metódicamente, el uno ayudando al otro. Después se ajustaron a la espalda el sistema de supervivencia, una especie de maleta que contiene oxígeno para respirar, una radio para comunicarse y los sistemas de presurización de la escafandra y de regulación de la temperatura. Ahora estaban conectando el tubo de llegada de oxígeno y las válvulas situadas en el torso y poniéndose el casco en la cabeza. Sólo les faltaba sellarlos y ponerse los guantes.

Cada gesto, cada operación, cada verificación, obedecía a un guión muy preciso.

—¿Cómo van las válvulas de desvío?

—Están las dos en posición VERTICAL.

—Bien. ¿Y la válvula de purga?

–Con el doble cierre ajustado.

–Bien. Verifica que el modo de selección del sistema de supervivencia es AR.

–¡Verificado!

–Houston, ¿cómo recibís la COMM? ¡Cambio!

–Aquí Houston. La COMM es muy buena. El sistema de radio de la escafandra está a cinco sobre cinco. Se os oye alto y claro.

–Perfecto, gracias.

En Houston, en el Centro de Vuelos Tripulados, la tensión había reaparecido. Desde la sala de control, los ingenieros, el Capcom y el director de vuelo estaban en sus puestos de trabajo. El equipo «burdeos» había reemplazado al equipo «blanco», que se habían ido a descansar. Seis horas antes, los «blancos» habían pasado por una situación de estrés con el alunizaje del Lem. A las 12.38h de Houston, la nave Apolo se había separado en dos: el astronauta Michael Collins se había quedado a bordo del módulo de mando, que giraría alrededor de la Luna mientras sus dos compañeros se colocaban en el alunizador. A las 15.06h, el Lem, rebautizado Eagle (el águila), había empezado su descenso a la Luna. Pero la alarma 1202 no tardó en saltar: el ordenador de a bordo, sobrecargado por la cantidad de información recibida, no era capaz de manejar el piloto automático. El comandante entonces tomó el mando y realizó el descenso manualmente. 10.000 pies... 7.500 pies... Al llegar a 5.000 pies, nueva alarma, esta vez la 1201.

¿Habría que accionar el gas y anular el alunizaje o arriesgarse a seguir descendiendo? «¡Seguimos!» dijo tajante el ingeniero Steve Bales. 1.000 pies... 300 pies... 75 pies... solo un minuto más de combustible... 40 pies... 35 pies... 30 pies... El Lem estaba tardando en tocar tierra. Por culpa de un pequeño retraso a la hora de encender, se había salido de la zona prevista para el alunizaje. Había que encontrar urgentemente otro lugar... Sólo treinta segundos de combustible... 25 pies... Silencio impotente en la sala de control... Finalmente, una voz lejana anunció: «Aquí Base de la Tranquilidad... ¡El águila se ha posado!» Un formidable viento fresco recorrió la sala: todos respiraron de nuevo... mientras esperaban el siguiente momento de estrés: la salida de los astronautas.

En la sala de prensa adyacente, los periodistas también esperaban el gran momento. Desde el lanzamiento del Apolo 11, cuatro días atrás, cientos de ellos habían invadido el lugar: comían, dormían y trabajaban allí. Lo más duro para los periodistas de televisión y de radio era cuando no pasaba nada. Los oyentes esperaban noticias frescas pero no había nada nuevo que contar. Entonces, con maquetas e imágenes de archivo, explicaban una y otra vez lo que había ocurrido hasta el momento y lo que estaba por pasar...

«Aquí, en Houston, los acontecimientos empiezan a precipitarse. Los astronautas por fin han terminado de ponerse el traje. Les recordamos que la escafandra y el sistema de seguimiento pesan cerca de doscientos kilos. Pero como la gravedad en la Luna es seis veces más débil que en la Tierra, es como si el equipo pesara treinta kilos. Los astronautas, por tanto, acaban de ponerse estos trajes que...»

–¡Realmente no tienen nada que decir! –exclamó Marilyn Lovell dejando su vaso.

–Nada nuevo –dijo con ironía Mary Haise.

En la casa de los Lovell, las miradas estaban vueltas hacia el televisor y las manos hacia las galletas que había sobre la mesa baja. Aquella noche –ya eran las 21.15h–, Marilyn había dejado que sus hijos se quedaran levantados todo lo que quisiesen. Había preparado bebidas y pasteles y había invitado a las esposas de los demás astronautas. Como compartían las mismas alegrías, las mismas angustias y las mismas ausencias, se apreciaban y ayudaban entre sí. Aquella noche, Marilyn Lovell había convidado a las que tenían a sus maridos en el trabajo, ya fuera en el Centro de Vuelos Tripulados o en la Luna. Mary Haise y Valerie Anders estaban presentes. De vez en cuando el marido de una de ellas aparecía subrepticiamente en la pantalla.

–¡Eh, chicas, escuchad! Creo que esto empieza a avanzar en serio...

«La despresurización ha comenzado –anunció el periodista–. Según la NASA, estamos entrando en la fase final. Los astronautas acaban de abrir la válvula que evacua el oxígeno del Lem...»

En el cuadro de mandos del Eagle, el indicador de presión bajó lentamente: cinco décimas de bar, dos décimas, una décima... El oxígeno, que había permitido a los dos astronautas respirar hasta entonces en la cabina, se escapaba fuera del vehículo: a partir de ahora sobrevivirían gracias a la escafandra. «¡Veamos si la puerta se abre!», exclamó el piloto del Lem. Había repetido la operación decenas de veces en la cámara de vacío del edificio 32 pero, en el momento de abrir la escotilla, la excitación lo venció: esta vez estaba en la Luna... Cambió de posición el pomo, tiró de la puerta hacia dentro pero siguió bloqueada, pegada a la pared como una ventosa.

–Se resiste.

–Aquí Houston. ¿Cuál es el estado del pomo de la escotilla?

–Posición abierta. Pero la puerta resiste. No quisiéramos forzarla. Cambio.

–Según nuestros datos, hay algo de presión residual en la cabina. ¿Creéis que podéis abrir la puerta a pesar de una presión de 1,2 PSI?

–Vamos a probar...

–...

–¡La puerta se ha abierto!–exclamó el astronauta.

En la sala de control el nivel de tensión aumentó. Ya no era la misma del alunizaje, era más bien una excitación que nace justo antes de lograr una hazaña. Durante muchos años, todos estos hombres habían trabajado con un objetivo único, un objetivo increíble: hacer que un norteamericano fuera el primero en poner los pies en la superficie de la Luna. Y en cuestión de algunos minutos, el tiempo de preparar la cámara con la que filmarían la salida, iban a lograr ese objetivo...

A las 21.28h de Houston[7], en la televisión de Karen Lester, la de Marilyn Lovell y en la de otros quinientos millones de televisores de todo el globo, una imagen en blanco y negro apareció repentinamente, borrosa y movida, que se estabilizó tras una décima de segundo. Una imagen incomprensible: la mitad inferior era sombría, una mancha blanca y alargada brillaba en la parte superior izquierda, una silueta negra y descompuesta despertaba la curiosidad en la parte superior derecha. No representaba nada. Sin embargo, todos los espectadores supieron de inmediato de dónde venía esta extraña imagen: de la Luna.

Una voz la acompañaba:

–Tenemos una imagen en televisión.

Un pequeño «bip» marcó el final de la frase; era la típica intervención del Capcom. La comunicación entre Houston y la Luna estaba teniendo lugar en directo.

–¿Qué tal es la imagen? –preguntó una segunda voz que provenía sin duda del Lem.

7. Por el cambio de huso horario, en Europa occidental eran las 3.28h de la mañana del lunes 21 de julio de 1969 cuando la salida tuvo lugar.

–Hay demasiado contraste y, por ahora, está del revés, pero a pesar de todo se ven bastantes detalles.

–¿Me puedes decir qué apertura tengo que poner en la cámara?

En ese instante, en todos los televisores del mundo, la imagen se dio la vuelta y, aunque todavía había mucho contraste, se hizo mucho más comprensible. La cámara estaba pegada a un pie del Lem: la mitad sombría, ahora en la parte superior, correspondía al cielo. La mancha clara abajo a la derecha era el suelo lunar. Y la silueta negra y entrecortada en la parte inferior derecha era la base del aparato y sus pies. En el centro de la imagen se adivinaba una figura negra y vertical en movimiento.

–Está bien, Neil, te vemos bajando por la escala –anunció Houston.

Y efectivamente una pierna sombría apareció en el claro suelo. La parte alta del cuerpo se fundía con la oscuridad del cielo; la imagen tenía realmente demasiado contraste. Pero el pie se movía, de eso no había duda, y parecía buscar el suelo a ciegas, como si el último escalón estuviera demasiado alto.

–De acuerdo –dijo el astronauta de la escala–, voy a verificar cómo bajar el último escalón.

–Estamos grabando –respondió Houston.

–Pues habrá que dar un saltito.

El astronauta juntó sus piernas, las lanzó hacia atrás y cayó en cámara lenta, como en un sueño. ¿Estaría ya sobre el suelo lunar? La imagen era demasiado mala para estar seguro.

Hubo un silencio eterno en la radio... quizá diez segundos.

–Buzz, aquí Houston. Para la cámara, hay que ponerla en F2-160ª de segundo.

–De acuerdo –exclamó el astronauta que había permanecido en el Lem.

La imagen se volvió bruscamente muy luminosa, como si se hubiera producido un destello, y luego se oscureció de nuevo. Pero el contraste ahora estaba bien: en el centro de la pantalla se veía claramente la escala de descenso del Lem. Y se distinguía muy claramente, justo al lado, a un astronauta de perfil con su sistema de seguimiento en la espalda y el casco en forma de pecera. Estaba de pie en tierra.

–Ya estoy al final de la escala –confirmó. Los pies del Lem se habían hundido solo una o dos pulgadas, a pesar de que la superficie parecía estar cubierta de una arena muy fina.

El astronauta se giró cuarenta y cinco grados. Estaba de frente a la cámara. Con una mano todavía en la escala, inspeccionó los alrededores, cauteloso, como para saber qué movimientos podría hacer en aquel medio ambiente hostil, y después se puso a saltar para probar la gravedad lunar.

–Voy a alejarme un poco del Lem.

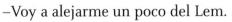

De nuevo un silencio interminable... tres segundos.

–¡Este es un pequeño paso para un hombre, pero un gran salto para la humanidad! –declaró con solemnidad.

Hasta entonces, la escena había durado menos de tres minutos. Pero aquellas palabras y aquellas imágenes quedarían grabadas para siempre en la memoria de millones de telespectadores. Por primera vez en la historia de la humanidad, gracias a las imágenes de televisión transmitidas mediante satélite, fueron invitados a seguir en directo un acontecimiento histórico: un hombre estaba caminando por la Luna. El nombre de aquel astronauta quedaría grabado por siempre en los diccionarios y los libros de historia.

Se llamaba Neil Armstrong.

En Houston, dentro de la sala de control, las muestras de alegría duraron poco: la misión no había terminado en absoluto. Estaba previsto que Armstrong hiciera varias fotografías y recogiera la primera muestra de suelo lunar. Si todo iba bien veinte minutos después, llegaría el turno del segundo astronauta de bajar del Lem. Los dos hombres tomarían más fotos, recogerían una veintena de kilos de piedras, realizarían varios experimentos científicos, clavarían una bandera de los Estados Unidos y depositarían una placa conmemorativa. Después, en menos de tres horas, tendrían que volver al Lem, sellar de nuevo la puerta, volver a introducir presión en la cabina, quitarse la escafandra, dormir un poco y finalmente despegar de la Luna para unirse al módulo de mando. Y después, ¡rumbo a la Tierra!

Como anécdota cabría decir que como Neil Armstrong era el encargado de tomar las fotografías, quien sale en la mayoría de las instantáneas es su compañero. Pero su nombre, el de la segunda persona en pisar la Luna, nada más que la segunda, permanecería siempre a la sombra de Armstrong.

Se llamaba Eugene «Buzz» Aldrin.

En la sala de control, las manifestaciones de júbilo fueron, por tanto, cortas. En la parte de atrás, retirado para no molestar, un hombre de camisa blanca tenía la mirada pegada a las pantallas de control. Jim Lovell observaba las imágenes que venían de la Luna con tanta pasión que casi estaba dentro de ellas. Cuánto le hubiera gustado estar ahí arriba. Estaba realmente contento por sus compañeros, se alegraba por el éxito del Apolo 11 y comprendía las razones por las cuales Armstrong había sido elegido: el gobierno norteamericano no quería que el primer hombre en pisar la Luna fuera un militar y, entre los astronautas, Armstrong era el único civil. Jim Lovell aceptó todo aquello. Y, al mismo tiempo, se había entrenado tanto...

Fue incapaz de evitar pensar: «Por los pelos...»

Antes de cada misión, la NASA preveía una tripulación de recambio: otro comandante, otro piloto para el Lem y otro piloto para el módulo de servicio que, hasta el despegue del cohete, seguían prácticamente el mismo entrenamiento que los astronautas titulares. Y así, si en el último momento uno de los titulares se torcía un tobillo o contraía la gripe, su suplente lo reemplazaba y la misión se mantenía.

Para el Apolo 11, Jim Lovell había sido nombrado el sustituto de Armstrong. Al igual que Armstrong, había aterrizado con el Lem en la Luna, se había puesto la escafandra, despresurizado la cabina, abierto la puerta y descendido la escala. Pero, en su caso, abajo no había cráteres arenosos, sino el hormigón de la sala de simulación.

«Si Neil hubiera enfermado de gripe hace diez días, yo estaría ahí arriba», repetía Jim Lovell.

Pero los «si» no sirven...

El astronauta meneó la cabeza como para librarse de aquellos oscuros pensamientos. No le gustaba dejarse llevar por la decepción o el remordimiento. Él no era así. Además, no podía quejarse: ya había participado en tres misiones espaciales y había recibido muchos honores. Era normal que otros aprovecharan su turno. A fin de cuentas, no tardaría en ir también a la Luna: según los planes de la NASA, estaba previsto que tomara el control de la misión Apolo 14 en octubre de 1970.

Un poco más de paciencia...

Jim Lovell observó la pantalla, donde Neil Armstrong

recogía piedras con la ayuda de un cazo.

Sonrió: pronto él estaría pescando piedras en la Luna.

Tercera parte

Apolo 13
(Abril de 1970)

Capítulo uno

La gran partida
¿Pero por qué 13?
Últimos preparativos antes del despegue

—Jim, ya es la hora.

Durante un breve instante, Jim Lovell dudó: en su sueño buscaba quién podía estar llamándole así y no encontraba a nadie. Pero, ¿no es habitual en los sueños no encontrar lo que se está buscando?

»¿Estás dormido? –repitió la voz.

El astronauta salió lentamente de su sueño, se preguntó dónde estaba, ya que aquel colchón y aquella almohada no eran suyos. Abrió los ojos, volvió la cabeza hacia la puerta entreabierta, percibió una silueta, comprendió lo que ocurría y refunfuñó.

»Está bien –dijo complaciente la voz–. Te dejo en paz. ¡Pero no vuelvas a dormirte!

La puerta se cerró y la oscuridad regresó.

Esta noche, Jim Lovell había tenido dificultades para dormir; demasiada excitación, como antiguamente en Nochebuena. Pero no tenía previsto volver a dormirse: el gran día había llegado, su gran día, el 11 de abril de 1970. Buscó a tientas el interruptor de la lámpara que había en la mesilla y la encendió.

Su sueño se iba a hacer realidad.

Una luz suave iluminó la habitación. Estaba en uno de los estudios acondicionados de Cabo Kennedy, Florida, donde se recibe a los astronautas los días antes del despegue. Y no se podía decir que la NASA se burlara de sus hombres: moquetas espesas, bonitos cuadros, decoración elegante... sin olvidar la sauna, la sala de cine, la cocina con servicio de cocinero. Vamos, todo para que los astronautas se fueran de la Tierra tranquilos y... con buena salud. Puesto que, detrás de estas atenciones delicadas, se escondía una preocupación más pragmática: aislar a los astronautas del resto del mundo para que no cogieran el más mínimo virus en el último momento.

Jim Lovell se levantó y se dirigió al servicio. Se quitó el pijama, hizo correr el agua de la ducha y, cuando ya estaba caliente, se metió dentro. Quería que la ducha durara bastante porque no podría darse otra hasta una semana después.

«Pues bueno –pensó–, ya estamos aquí. ¡Jim, vas a dirigir la misión Apolo 13 hasta la Luna!»

Mecánicamente empezó a ensayar de memoria una parte de la maniobra de despegue cuando una pregunta descabellada le rondó la cabeza, interrumpiendo la maniobra antes de encender los motores.

–¿Por qué 13?

La pregunta ya se la había hecho unos meses antes su esposa Marilyn.

En un principio, él debía salir en el Apolo 14; el comandante del Apolo 13 era Alan Shepard. Pero Shepard, que había sido el primer norteamericano en el espacio, llevaba ocho años sin volar. ¿Seguiría estando a la altura? Para darle tiempo de prepararse, la NASA había modificado su programa e invertido las tripulaciones: Shepard partiría en el Apolo 14 y Lovell en el Apolo 13. Como Lovell y sus compañeros se habían entrenado como sustitutos del Apolo 11, estaban bien entrenados.

–¿Pero por qué 13? –insistió Marilyn cuando Jim le dio la noticia.

El astronauta había comprendido perfectamente el sentido oculto de la pregunta. ¿Qué podía contestar? ¿Que no había sitio para las supersticiones en los programas espaciales?

–Bueno, pues... porque está claro que el 13 viene justo después que el 12. Ya hubo un Apolo 11, después Apolo 12 y ahora le toca el turno a Apolo 13.

La respuesta pretendía ser graciosa, pero Marilyn ni siquiera sonrió. Por primera vez desde que él montaba en cohetes, ella le hizo ver parte de su inquietud. Quiso tranquilizarla prometiéndole que ésta sería su última misión:

iría a la Luna y después regresaría definitivamente a la Tierra. Pero no había sido suficiente: Marilyn tenía miedo.

–No te preocupes –murmuró mientras el agua caliente le caía por la cara–, no pasará nada...

Retomó la maniobra de lanzamiento y, cuando el cohete ya estaba de camino a la Luna, pasó a otra maniobra, su preferida, la apertura de la puerta del Lem y el descenso por la escala.

Después de haber deambulado bastante por la Luna, cortó el agua de la ducha y se secó. Se vistió, se sentó en la cama y hojeó una revista mientras esperaba que llegara la hora de la visita médica.

Antes de cada despegue, el ritual era inflexible: a uno lo despertaban, después venía la ducha, la visita médica, el desayuno con la tripulación titular y la de reserva, la tarea de ponerse la escafandra y finalmente el traslado a la plataforma de despegue.

Era la cuarta vez que Jim Lovell vivía aquel ritual y le gustaba mucho. Tenía la impresión de que a lo largo de aquella mañana se estaba metamorfoseando. ¿Cómo podría explicarlo? Empezaba de cero y, etapa tras etapa, se convertía progresivamente en viajero del espacio, como una oruga que se metamorfosea en crisálida para acabar haciéndose mariposa.

Lo único que detestaba era la visita médica. A ningún astronauta le gustaba pasar por las manos de los médicos de la NASA. Se sabía en qué estado se les iba a ver –un poco revuelto, un poco resfriado–, pero nunca se sabía cómo se iba a salir. En cualquier momento los médicos podían descubrir cualquier cosa para dejarle a uno clavado para siempre en el suelo.

Esto casi le ocurrió a Lovell por la tasa de bilirrubina. Deke Slayton no pudo librarse: a pesar de ser seleccionado en el primer grupo de astronautas, los médicos le diagnosticaron poco después una ligera taquicardia. Resultado: prohibición terminante de volar. La NASA le promocionó a «jefe de astronautas», un pequeño consuelo para aquellos que sueñan con ir al espacio[8]. Y últimamente, una semana antes, Ken Mattingly vivió la misma experiencia.

Así que no, definitivamente no: a Lovell no le gustaban las visitas médicas. Aquella mañana, sin embargo, se desarrolló sin problemas y fue declarado apto para el servicio. Tenía autorización para seguir con su lenta metamorfosis.

Aliviado, se fue al comedor. Estaba también decorado con gusto. La mesa era larga y espaciosa, los platos y los vasos refinados, las sillas cómodas. Tres astronautas ya estaban sentados a la mesa. Un olor a carne asada llenaba la habitación. El menú del desayuno antes de una misión era inmutable: filete y huevos fritos.

---

8. En 1975, a los cincuenta y un años, Deke Slayton logró la autorización de participar en una misión espacial: la misión americano-soviética Apolo-Soyuz.

–¡Buenos días, jefe! –exclamó Fred Haise.

–¡Hola Pecky!

Fred Haise era el piloto del Lem. Tenía treinta y siete años y era el benjamín de la tripulación. Y aunque era padre de tres hijos, su cabello negro, sus pequeños ojos risueños y su nariz de trompeta le daban aspecto de niño. El apodo de «Pecky» iba con él desde los tiempos de la escuela primaria.

John Young, el comandante de la tripulación de apoyo, y Deke Slayton estaban a su lado.

–¿Jack no está? –preguntó Lovell.

–Ahora viene –respondió plácidamente Slayton–. Me ha costado más despertarle a él que a ti.

–¿Y Ken?

–No, no viene. Está totalmente deprimido. Le he dicho que vuelva a Houston. Estará mejor allí, con su familia, que aquí, en medio de los preparativos del despegue.

–Has hecho bien... ¡Pobre Ken!

En principio, Ken Mattingly tenía que pilotar el módulo de mando. Desde hace un año, el equipo Lovell-Haise-Mattingly se entrenaba sin descanso. Había nacido una auténtica complicidad entre los tres: se conocían tan bien que se entendían casi sin hablar. Ken Mattingly estaba realmente contento de participar en su primera misión espacial...

Y después, en el último momento, todo se había ido al traste.

Charlie Duke, el piloto suplente del Lem, había jugado con el hijo de un amigo. Entonces él lo ignoraba, pero el niño estaba incubando la rubeola. Para su desgracia, Duke nunca había padecido esta enfermedad infantil y por lo tanto no estaba inmunizado: dos semanas más tarde, estaba cubierto de granos rojos. Nada realmente malo: la rubeola es benigna y el astronauta no era más que el reemplazo para el Apolo 13. Pero, ¿no habría contaminado al trío Lovell-Haise-Mattingly?

Siete días antes del despegue, los astronautas de las distintas tripulaciones titulares y de reserva tuvieron que hacerse análisis de sangre. Entonces se supo la verdad: Ken Mattingly nunca había tenido rubeola. Jim Lovell lo defendió con uñas y dientes. ¡Nada demostraba que hubiera contraído aquella estúpida enfermedad! Pero fue en vano. El reglamento era formal y Mattingly tuvo que ser reemplazado por su suplente, Jack Swigert. El pobre Ken estaba destrozado. ¡Tanto trabajo, tantas esperanzas en vano! Y la promesa de otra misión en el futuro no cambiaba nada: estaba hecho polvo.

«¡Pobre Ken!», pensó Lovell al sentarse a la mesa del desayuno.

–Bueno, ¿has dormido bien? –preguntó Slayton.

–Bueno... ¿alguna novedad meteorológica?

–Sí, el tiempo va a mejorar. Si sigue así, despegarás a la hora prevista, las 13.13h.

–Bien.

La puerta del comedor se abrió y entró otro astronauta.

–¡Hola, compañía!

–Buenos días, Jack.

Se trataba de Jack Swigert, el repuesto que venía en lugar de Ken. Tenía treinta y ocho años, era grande y delgado, con el estilo de «un buen chico»; era el primer astronauta soltero. Hasta entonces, la NASA siempre había considerado que tener una mujer e hijos era un criterio de buena salud mental y de equilibrio. Swigert, por su parte, era un juerguista y ligón y le gustaba su reputación. Pero era un error decir que le había quitado el puesto a Ken. En primer lugar, no tenía nada que ver con eso. En segundo lugar, él también era un piloto excelente. En tercer lugar, su situación no era sencilla: integrarse en siete días en un equipo de un año de antigüedad...

–Ven, Jack –Le invitó Lovell–. ¡Siéntate aquí!

–Gracias, Jim. ¿Qué hay para comer?

–Filete asado y huevos fritos.

–Ah... ¿y nada más?

–Nada más, amigo. Antes de una misión toca filete y huevo.

–¿Quién ha decidido eso?

–No lo sé, ha sido así de toda la vida. Ya verás, en una semana estarás harto de zampar bolsas; cuando pienses en el filete y en los huevos se te caerán las lágrimas. ¡Créeme!

Después del desayuno, Jim Lovell, Fred Haise y Jack

Swigert fueron a la gran sala blanca de techo alto iluminada por neones fríos. La estancia estaba dividida en tres partes iguales, una para cada astronauta, con un aparato de radio, una butaca beige, una botella de oxígeno, un armario de material médico y una mesa sobre la que yacía una escafandra.

Técnicos e ingenieros, vestidos de blanco de cabeza a los pies, ayudaron a los astronautas a vestirse: había que afeitar el vello del torso para pegar electrodos y así poder tomarles el pulso permanentemente; poner la ropa y luego las escafandras; poner un «gorro de baño» con auriculares y micrófono; conectar la maleta con las reservas de oxígeno; sellar los guantes y el casco; ponerse un reloj en la muñeca y comprobar la radio.

Los gestos eran lentos y meticulosos. Extremadamente concentrado, Jim el terrícola se convirtió en una crisálida patosa. Las pesadas escafandras no habían sido concebidas para caminar en la Tierra, pero eran obligatorias durante el despegue porque si la cabina se despresurizaba bruscamente, aseguraban la supervivencia de la tripulación.

Una vez preparados, los tres hombres salieron de la sala metidos en su armadura y con la maleta de oxígeno en la mano. Recorrieron unos treinta metros de pasillo, cruzaron una puerta y salieron del edificio. Les esperaban las cámaras de televisión. Sonrisas crispadas y pequeños gestos con la mano: «¡Adiós, hasta pronto!»

Se metieron en un minibús. Dirección: la rampa de lanzamiento 39ª, a cinco kilómetros de distancia. Silencioso bajo el casco, Jim Lovell estaba en su burbuja, tanto en sentido propio como figurado. Miraba los edificios del Centro Espacial desfilando ante él. De pronto, al dejar atrás el último inmueble, el horizonte se aclaró y apareció a lo lejos... Ya lo había visto cientos de veces pero no podía evitar sentir admiración: era el más hermoso, el más grande y el más potente de todos los cohetes. Su majestad Saturno V. Cuanto más se acercaba el minibús, más impresionante resultaba. Su silueta blanca y fina se alzaba ciento diez metros por encima del horizonte: era tan alto como un rascacielos de treinta y seis pisos. A su lado, la pista de lanzamiento, que lo mantenía en pie gracias a sus nueve brazos amovibles, parecía un montón de chatarra.

El minibús aparcó al pie de la lanzadera. Un técnico recibió a los astronautas y los acompañó al ascensor situado en el interior de la rampa. El motor tomó impulso y se elevó a gran velocidad. Fuera, el paisaje desfilaba, pero esta vez en vertical: las viguetas metálicas de la rampa y, a través de ellas, el cohete y el horizonte. A cien metros de altura, el ascensor frenó y se detuvo. La puerta de rejilla se abrió. Delante, una plataforma alargada por una pasarela suspendida sobre el vacío que conducía a lo alto del cohete.

Jim Lovell fue el primero en avanzar. A cien metros sobre el suelo, el panorama era vertiginoso: al este, el Océano Atlántico. Al oeste, el continente americano. Y hacia arriba, el objetivo que iban a alcanzar. A cada paso, sentía que cada vez era más astronauta: todavía no tenía la cabeza en las estrellas, sus pies ya no estaban en la Tierra.

Entró en el módulo donde le esperaba otro técnico. Se subió al asiento del comandante. Conectó el tubo de alimentación de oxígeno de la escafandra al circuito interno y la radio a la red de la nave. Después el técnico le amarró con fuerza al asiento. Unos instantes más tarde, Fred llegó y ocupó su lugar en el asiento de la derecha. Luego vino Jack, que se metió en medio.

El técnico hizo las últimas verificaciones y, cuando todo estuvo en orden, apretó las manos enguantadas de los tres astronautas y salió definitivamente del módulo.

Eran las 10.47h, hora de Houston.

Capítulo dos

La fastidiosa lista
«3, 2, 1, 0... ¡Despegue!»
Rumbo a la Luna

«¡quí estamos!

Y es...

... difícil mirar el reloj con la escafandra. Por no hablar del campo de visión con la cabeza metida en una pecera.

Son las 10.49h, casi 50.

Despegue en dos horas y veinticuatro minutos: los tiempos se cumplen al dedillo.

–Jack, ¿me oyes?

–Sí, Jim. Perfectamente.

–¿Y tú, Fred?

–Perfectamente.

–Todavía nos queda un poco antes de que empecemos con las verificaciones. Intentad encontrar una postura cómoda: tenemos para un rato...

–OK, Jim.

Bueno, ¿qué dice la máquina?

Los indicadores, los contadores, las pantallas, los pilotos luminosos, las banderitas grises en sus ventanitas cuadradas: a primera vista, todo parece correcto.

Los comandos también parecen listos: los interruptores, las palancas que accionar, las llaves que girar con el pulgar...

En el reloj numérico, las ocho cifras amarillas de la cuenta atrás.

Y ahora, a trabajar.

Dos horas veintiún minutos para el despegue

CABO KENNEDY: Apolo 13, aquí el Centro de Lanzamiento. ¿Me reciben?

LOVELL: Aquí 13, recibido alto y claro.

CABO KENNEDY: Buenos días a los tres. Vamos a acompañarles hasta que despeguen. Después Houston tomará el relevo.

LOVELL: ¿Cómo va? ¿Se están llenando correctamente los depósitos?

CABO KENNEDY: Por el momento va OK. Y el tiempo sigue mejorando.

LOVELL: Perfecto.

CABO KENNEDY: Vamos a probar el sistema de detección de urgencias. El procedimiento empezará en un minuto. Prepárense. Corto.

LOVELL: Recibido.

La verificación del SDU: primera etapa con los controles antes de despegar.

4.2.1.4 Control SDU y prueba de cuenta atrás

CDT	circ SDU – cerrado (verificar)	8
	SDU PWR – on (arriba)	7
PMC	EDS AUTO – on (arriba)	2
CDT	ANNUL ver encendido – verificar	1
PLM	UP TLM CDM – off	3
CDT	S BD – off	9
	INTERCOM – off	
	VHF AM – off	
PLM	PAD COMM – off	6
	...	

NB: CDT significa Comandante, PMC significa Piloto del Módulo de Mando, PLM significa Piloto del Lem

De tanto repetirlas en el simulador, casi me sé las instrucciones de memoria, como si las tuviese grabadas en el cerebro. Guardo la lista de revisión como medida de seguridad.

CABO KENNEDY: Apolo 13, aquí el Centro de Lanzamiento. Pueden activar el control SDU.

LOVELL: OK, ahora mismo. Fred, Jack, ¡vamos!

SWIGERT: OK, Jim.

En el panel 8 del cuadro de mando panorámico, compruebo que el circuito SDU está bien cerrado. En el panel 7 pongo el interruptor SDU PWR en ON (hacia arriba).

LOVELL: SDU PWR en ON. Tu turno, Jack.

Swigert coloca el interruptor EDS AUTO del panel 2 en ON (hacia arriba). ¿Qué dice el piloto luminoso AN-NUL en el panel 1?

LOVELL: ANNUL encendido. Tu turno, Fred.

Haise coloca el interruptor UP TLM CMD en OFF. Pongo el interruptor BD en OFF...

Una hora cincuenta y un minutos para el despegue

Fin de la prueba SDU. Duración: treinta minutos. Resultado: OK.

Unos minutos de pausa antes de las próximas verificaciones, decenas y decenas de verificaciones... Hay que controlar el buen estado de cientos de miles de sistemas mecánicos y electrónicos que componen el cohete y la nave.

Para que todo funcione perfectamente en el despegue.

Una hora cuarenta y cinco minutos para el despegue

HOUSTON: Apolo 13, aquí la sala de control. ¿Me recibís?

LOVELL: Aquí 13. Buenos días, Houston, os recibimos alto y claro.

HOUSTON: Es todo lo que queríamos saber. Estamos probando la radio.

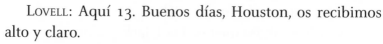

LOVELL: Bueno, ¿qué tal las cosas por ahí?

HOUSTON: Por ahora todo OK. ¿Y vosotros?

LOVELL: Nosotros también.

HOUSTON: ¡Pues que siga así! Corto.

Una hora cinco minutos para el despegue

Jack ha cerrado la escotilla del módulo y en Cabo Kennedy han purgado el aire de la nave para comprobar su hermetismo. Duración de la prueba: veinte minutos. Resultado: OK.

Retomamos los controles de rutina:

4.2.2.1 Verificación G y C

CDT	FDAI/GPI PWR–OFF	7
	ELEC PWR –GDC/ECA	
	BMAG PWR (los dos) – ON	
CMP	C/W NORM – ACK	2
	...	

No noto el paso del tiempo, pero siento que mis piernas se están hinchando.

4.2.2.2 Verificación de Suspensión y Equilibrio

PLM	FC MNA 1 & 2 –ctr, 3 – OFF	3
	FC MNB 1 & 2 –OFF, 3 –ctr	
	MN BUS TIE (2) – on (arriba)	5
	...	

Mientras que Fred o Jack están con las palancas, intento encontrar una postura más agradable.

Llevo ya una hora y veinte amarrado a mi cabina.

Treinta y siete minutos para el despegue

Cabo Kennedy: Apolo 13, aquí el Centro de Lanzamiento.

Lovell: Aquí 13. Un segundo...

Coloco los dos interruptores SECS LOGIC y los dos interruptores SECS PYRO ARM hacia arriba.

Lovell: Os escuchamos.

Cabo Kennedy: Es para daros novedades.

Lovell: Adelante.

Cabo Kennedy: Hace seis minutos hemos retirado la pasarela de acceso a la nave. Los sistemas pirotécnicos de la torre están armados y acabamos de llenar de carburante el primer nivel del cohete.

Swigert: ¿Y el tiempo?

Cabo Kennedy: La mejoría se confirma. Por ahora, todo está OK para el despegue.

Lovell: Recibido.

Veinticinco minutos para el despegue

Activación y después verificación del estado del módulo de servicio. Duración: cinco minutos. Resultado: OK.

Veinte minutos para el despegue

La recta final:

4.2.3 Preparación para el lanzamiento

CMP	Cambio de ángulo de lanzamiento	
	Llave V78E	2
	FLV06N29	
	X SM ángulo de lanzamiento XXX.XX°	
	Llave V21E, introducción nuevo ángulo	
	PRO	
	Alinear GDC en IMU, 4.7.3	
CDR	FDAI SEIL–1	1
	FDAI FUENTE – ATT SET	
	ATT SET – IMU	
	ATT SET girar (3) null FDAI err	
	ATT SET – GDC	

Una recta final muy larga: más de cincuenta operaciones que efectuar.

Ocho minutos para el despegue
Breve pausa programada a la espera de «OK / no OK». La hora de la verdad.

CABO KENNEDY: Apolo 13, aquí el Centro de Lanzamiento.

LOVELL: Aquí 13. Os escuchamos.

CABO KENNEDY: ¿Podéis decirnos si estáis OK / no OK para el lanzamiento?

LOVELL: Yo OK.

HAISE: OK también.

SWIGERT: Y OK también.

CABO KENNEDY: Gracias. Corto.

Durante el minuto siguiente, en Houston y en Cabo Kennedy todos los controladores –RETRO, FIDO, GUIDAGE, EECOM, GNC, TELMU, INCO, FAO, METEO...– se preguntarán lo mismo y tendrán que decir si, según sus datos, el despegue está OK o no.

Seis minutos cuarenta y siete segundos para el despegue

Largos segundos de espera.

Un solo «no OK» y el despegue puede aplazarse...

Seis minutos treinta segundos para el despegue

CABO KENNEDY: Apolo 13, aquí el Centro de Lanzamiento. OK para el despegue. La secuencia automática empezará en dos minutos cuarenta segundos.

LOVELL: Recibido.

Fin de la pausa: unas pocas instrucciones más y estaremos listos.

Tres minutos diez segundos para el despegue

Comienzo de la secuencia de ignición: a partir de ahora, el final de la cuenta atrás lo gestionarán de forma automática los ordenadores del Centro de Lanzamiento.

Cuarenta y cinco segundos para el despegue

Mi última orden a la máquina:

4.2.2.2 Verificación de Suspensión y Equilibrio

CDT	GDC botón AIGN – soltar	1

Ya está, terminado.

Sólo cuarenta y cinco segundos de espera. No, ahora ya son treinta y siete.

Echo un vistazo a Jack y a Fred: me están mirando.

No hay nada que decir, nada que pensar, ni nada que sentir.

Solo hay que seguir concentrado y esperar la cuenta final.

Diez segundos para el despegue

9

8

7

6

¡Ignición!

4

3

2

1

0

¡Despegue!

Un segundo tras el despegue

Enormes vibraciones. Cien metros más abajo, los motores del primer nivel del cohete funcionan a toda potencia. Siento su temblor por todo el cuerpo. Un vistazo al reloj numérico: día oo hora oo minuto oo segundo o1.

LOVELL: ¡El contador está en marcha!

SWIGERT: ¡Programa de cambio de eje!

Diez segundos tras el despegue

En chorros espasmódicos, los cinco motores corrigen y vuelven a corregir permanentemente la potencia para mantener el cohete vertical. Las violentas correcciones repercuten incluso en el módulo: el movimiento me lanza de derecha a izquierda, pero estoy estable gracias al arnés. Me esfuerzo por mantener los ojos en los controles.

CABO KENNEDY: El cohete se ha separado de la rampa.

LOVELL: ¡Rampa despejada! Programa de cambio de eje terminado. ¡Lanzamiento del programa de balanceo!

HOUSTON: Aquí Houston. Balanceo registrado.

LOVELL: ¡Dos mil pies de altura!

Treinta segundos tras el despegue

El cohete se orienta en la dirección correcta. Ruido infernal en el módulo: tengo el reflejo de gritar para que se me oiga.

HOUSTON: 13, aquí Houston. En treinta segundos estaréis OK.

LOVELL: Recibido.

SWIGERT: Estás en trayectoria correcta, Jim. Hasta ahora, todo va bien.

Un minuto tras el despegue

Aceleración cada vez más fuerte: los motores Boeing consumen trece mil litros de combustible por segundo.

HOUSTON: 13, aquí Houston. Todo OK en un minuto.

LOVELL: Aquí 13. Altitud correcta. Nos acercamos a 2G.

Aceleración de 2G: me quedo pegado en el asiento como si pesara dos veces más...

SWIGERT: OK, Jim, a un minuto treinta todo bien. Estamos un poco por encima de 0,4 mil.

LOVELL: ¡¡¡Tienes que hablar más alto!!!

SWIGERT: ¡Más de 0,4 mil!

LOVELL: OK. Altitud de 40.000 pies y 2,5 G.

Dos minutos dos segundos tras el despegue

Final de la primera etapa con el cohete. Nos preparamos para la separación.

HOUSTON: OK para la separación.

SWIGERT: Estás en EDS manual.

LOVELL: Gracias... aceleración de 3,5 G.

Los motores del primer nivel se detienen bruscamente, lanzándonos hacia delante. Acerco mi dedo enguantado al botón para ordenar la separación.

LOVELL: ¡Separación!

Houston: Separación efectuada. Todo correcto.

El nivel actualmente inútil se separa. Echo un vistazo al reloj: dos minutos cuarenta y ocho segundos.

Lovell: ¡Activación de S-II!

Los cinco propulsores del segundo nivel se ponen en marcha, lanzándonos hacia atrás. Enorme aceleración, hasta 4G, el máximo de Saturno V. Estoy aplastado en el asiento, como si pesase trescientos kilos...

Houston: Aquí Houston. A tres minutos, la trayectoria es buena. La potencia es buena.

Lovell: Recibido.

En unos segundos tendrá lugar la expulsión del sistema de escape para el lanzamiento, que lastra la nave: está destinado exclusivamente a proteger el módulo al despegar y al atravesar la atmósfera. Después no sirve para nada.

Haise: Listos para la expulsión.

Lovell: ¡Expulsión!

Haise: Magnífico...

Las cinco ventanillas, obstruidas hasta entonces por el sistema de escape, ahora están despejadas. Fred mira hacia abajo, hacia la Tierra.

Haise: ¡Mirad el montón de nubes, es magnífico!

No quito los ojos de los controles: la Tierra vista desde el espacio no es nada nuevo para mí. Pero para Fred y Jack sí: es su primera misión. Les dejo que aprovechen un poco.

Cinco minutos treinta y dos segundos tras el despegue

SWIGERT: ¡Jim, parada del motor 5!

LOVELL: No tenía que pasar tan pronto, ¿verdad?

SWIGERT: No. Se ha adelantado dos minutos.

Si no logramos poner la nave en órbita alrededor de la Tierra, no podremos ir a la Luna...

LOVELL: Houston, ¿qué pasa con el motor 5?

HOUSTON: Estamos en ello. *Stand-by.*

Larga espera. Esperemos que aguante. No me gustaría acabar mi carrera por culpa de...

HOUSTON: Jim, no sabemos por qué se ha parado el 5. Pero los otros cuatro propulsores funcionan correctamente. Si los dejamos encendidos un poco más, bastará. Todo OK para continuar.

LOVELL: Gracias, Joe.

Me vuelvo hacia Fred y Jack.

LOVELL: Algo tenía que pasar...

La misión perfecta no existe: toda misión tiene algún problema, más o menos grave, que ocurre antes o después.

Para el Apolo 13 ya había llegado.

Nueve minutos diecinueve segundos tras el despegue

Fin de la vida del segundo nivel: a pesar de la parada prematura del 5, ha cumplido su función.

LOVELL: ¡Separación!

HOUSTON: Separación completada.

LOVELL: Ignición del tercer nivel.

HOUSTON: Recibido. La... está bien. La trayectoria es... Y la hora... la... es... 34.

LOVELL: Houston, ¿podéis repetirlo?

HOUSTON: Decía: potencia buena, trayectoria buena y la hora... parada del segundo nivel 12 y 34.

LOVELL: Entendido. 12 minutos y 34 segundos, hora de la parada de S-IVB.

Doce minutos treinta y dos segundos tras el despegue

Abro la cubierta de plástico transparente que protege el interruptor SECO de una acción involuntaria y, a la hora señalada, lo presiono.

LOVELL: ¡SECO!

Los motores del tercer nivel se detienen.

HOUSTON: SECO completado... Vuestra velocidad es de 26.640 kilómetros por hora y los propulsores están en buen estado.

Serán necesarios más tarde para dar el acelerón que nos dirija a la Luna.

HOUSTON: Acabamos de calcular vuestra trayectoria: estáis en órbita a 185 kilómetros de la Tierra. Primer objetivo conseguido, la órbita terrestre.

Vamos a quedarnos así durante dos horas y media, el tiempo que se necesita para comprobar que la nave está bien y que ha resistido el despegue. Y para relajarse un poco.

Veinticuatro minutos tras el despegue

Aflojo el guante derecho, me lo quito, lo suelto y... ¡flota! Después me quito el otro guante y el casco. ¡Todo flota en el aire! Nunca me acostumbraré a la ingravidez. Es mágico.

Me quito el arnés: mi cuerpo y mi escafandra ya no pesan. Floto en la cabina. Mi metamorfosis ya ha concluido: soy una mariposa.

Tras tantas sacudidas, tanto jaleo y tanto estrés, después de que la aceleración me aplastara contra el asiento, este estado es maravilloso...

Un toquecito de pulgar en el casco y sale volando en línea recta hacia Jack, girando lentamente sobre sí mismo.

–¡Cógelo, Jack!

–Es increíble, realmente increíble. Ya está, estamos en el espacio.

–Pues sí, ya no estamos en el simulador.

Para Fred y Jack es aún más maravilloso que para mí: es su bautizo espacial.

–Oye, Jim, la sangre se me está subiendo a la cabeza...

–Es normal: tu corazón sigue bombeando como un loco para irrigar el cerebro, como si estuviésemos en la Tierra. Pero aquí ya no hay arriba y abajo, así que la sangre sube más rápido a la cabeza...

–Lógico...

–Por cierto, un consejo: cuando os desplacéis en la nave, fijad siempre un punto al que os dirigís. Si no, como todo flota, tendréis vértigo y veréis pasar el filete y los huevos del desayuno pero en dirección contraria.

–De acuerdo.

Me quito la escafandra y lo guardo en la bolsa prevista para tal efecto. Después vuelvo a mi lugar.

–Os voy a enseñar algo muy bonito.

Apago la luz del interior de la cabina.

»¡Mirad por la ventanilla!

–Eh, es de noche ahí abajo. ¿Dónde estamos?

–Estamos sobrevolando el Mediterráneo. Mirad ahí abajo, por el horizonte: cuando los ojos se os acostumbren a la oscuridad, con un poco de suerte, veréis rayos. Eso de ahí son tormentas.

–Sí, he visto uno... ¡Qué bonito es, Jim, qué bonito!

–Pues todavía no has visto nada, Fredo...

Dos horas, treinta y cinco minutos cuarenta y cinco segundos tras el despegue

Tras una vuelta y media alrededor de la Tierra, las comprobaciones han concluido: todo OK a bordo del Apolo 13. Houston a calculado la hora de volver a encender el tercer nivel, su duración y su potencia.

A la hora señalada, presiono el botón.

LOVELL: Jack, ¿puedes verificar la trayectoria?

SWIGERT: Sí. Vamos bien con VI.

La velocidad aumenta lentamente: nada que ver con la aceleración del despegue.

Swigert: Un minuto treinta.

Lovell: Houston, todo OK hasta ahora.

Nos vamos alejando poco a poco de las afueras de la Tierra. Dirección: la Luna. ¡Pero esta vez para ponerle los pies encima!

Swigert: Tres minutos treinta, 3,4.

Lovell: OK, pongo 3,4.

Swigert: Está bien, ha entrado a tiempo.

Percibimos pequeñas vibraciones. No es del todo normal, pero tampoco es alarmante.

Swigert: Houston, hay vibraciones durante la combustión:

Houston: Recibido. Aquí todo parece OK.

Swigert: Cinco minutos treinta.

Afortunadamente nos acercábamos a la velocidad deseada: 40.000 kilómetros por hora. Solo unos segundos más...

Swigert: Jim, lanzo la cuenta atrás. Atención... 5... 4... 3... 2... 1...

Lovell: ¡Parada de motores!

Cuatro horas y un minuto tras el despegue

Jack se pone al mando para la última operación. Él es el piloto del módulo de mando.

Con la ayuda de micropropulsores, extrae la nave del tercer nivel del cohete y después hace que dé media vuelta: Saturno V está ahora frente a nosotros, al otro lado de las ventanillas.

LOVELL: Houston, aquí 13, pedimos luz verde para el armamento pirotécnico.

HOUSTON: Tenéis luz verde, 13.

Jack Swigert pulsa el botón PYRO ARM: el tercer nivel del cohete se abre como pétalos de una flor. En su interior, bien protegido, aparece el Lem.

Hay que recuperarlo: mediante pequeños chorros sucesivos de gas, Jack dirige el módulo hacia el alunizador hasta que encajan uno con otro.

SWIGERT: ¡Amarrado! ¡Unión completada!

LOVELL: Bien hecho, Jack.

Jack ha remplazado a Ken en el último momento, pero se las arregla muy bien.

SWIGERT: Voy a apartarlo del cohete.

Lanza gas en otra dirección: el Lem nos sigue, unido al módulo con fuerza.

Poco a poco, Apolo 13 se aleja de lo que queda del cohete Saturno V. Hemos completado la primera parte de la misión. Tenemos por delante tres días de viaje... tres días durante los cuales no hay mucho que hacer aparte de dejarse llevar. Y después estaremos en la Luna.»

Misión Apolo

CUADERNO DOCUMENTAL

La tripulación del Apolo 13

JAMES LOVELL, apodado «Jim» tiene cuarenta y dos años cuando dirige la nave Apolo 13 en abril de 1970. Muy experimentado, ha participado ya en las misiones Gemini 7, Gemini 12 y Apolo 8. En esa época es el piloto que ha pasado más tiempo en el espacio y uno de los primeros en viajar hasta la Luna. Con el Apolo 13, debe convertirse en el quinto hombre en pisar la Luna. Pero la fortuna toma otra decisión... Cumpliendo con la promesa que hizo a su esposa Marilyn, no participa en ninguna otra misión espacial. En 1994, escribe un libro en colaboración sobre su increíble odisea, Apolo 13, adaptado un año después al cine. El actor Tom Hanks representa el papel del astronauta.

FRED HAISE es el piloto del Lem. Nacido en 1933, ingresa en la NASA en 1966, durante la quinta selección de astronautas. Padre de familia numerosa, su sueño es ir a la Luna por fines científicos: la geología, las muestras, los experimentos. Tras el Apolo 13, la NASA lo incluye en un nuevo vuelo lunar, el Apolo 19. Desgraciadamente, este vuelo se anula por falta de crédito. En 1977, Haise participa en cinco vuelos atmosféricos para probar la futura nave espacial norteamericana. Abandona la NASA en 1979.

JACK SWIGERT descubre que va a pilotar el módulo de mando del Apolo 13 una semana antes del despegue: reemplaza apresuradamente al piloto titular, Ken Mattingly, que ha estado en contacto con la rubeola. Swigert es seleccionado en el mismo grupo de astronautas que Haise y, al igual que él, es su primer vuelo espacial. Después se convierte en político y es elegido al Congreso de los Estados Unidos en 1982. Muere de un cáncer de hueso fulminante poco antes de ocupar el cargo, a los cincuenta y dos años.

Los primeros cohetes

Los viajes al espacio inspiraron en primer lugar a los escritores. En el siglo II d. de C., Luciano de Samósata cuenta cómo un navío, impulsado por las aguas durante una tormenta violenta se posa en la Luna. En 1865, en *De la Tierra a la Luna*, los héroes de Julio Verne viajan en el interior de un obús hueco. Medios de transporte como mínimo fantásticos...

Una «nave obús» de Julio Verne.

Robert Goddard y el prototipo de su cohete en 1926.

Las bases científicas de estos medios se rechazan a partir de 1903. El ruso Tsiolkovski comprende que la propulsión por reacción permite avanzar en el vacío e imagina, por casualidad, un cohete que usa propergol líquido. En 1926, el norteamericano Goddard fabrica un cohete así y lo prueba: despega a una velocidad de 96 k/h y alcanza 12m de altura.

El desarrollo industrial de los cohetes se remonta a la Segunda Guerra Mundial. Bajo la dirección del alemán Von Braun, los nazis conciben los misiles V2 para bombardear Londres desde el continente europeo. Estos aparatos, poco eficaces como arma, constituyen al menos una auténtica proeza tecnológica.

La conquista espacial empieza a partir de 1945. Los estadounidenses se adueñan del ingeniero Von Braun y de los misiles V2. Los soviéticos también se basan en la tecnología alemana para fabricar cohetes. La Guerra Fría lleva a las dos superpotencias a una auténtica carrera espacial.

Los logros soviéticos

Durante la carrera espacial, las grandes primicias fueron casi todas soviéticas.

En 1953, para enviar pesadas bombas termonucleares a Estados Unidos, los soviéticos deciden construir un misil intercontinental gigantesco llamado R-7. Los norteamericanos, por su parte, prefirieron buscar la miniaturización de las bombas mediante el uso de misiles más pequeños. A partir de 1957, los soviéticos reconvirtieron el R-7 en un lanzador espacial, lo cual les permitía enviar enormes cargas hacia el cosmos. Ésta es una de las claves de su victoria espacial sobre los estadounidenses.

Yuri Gagarin poco antes del despegue del Vostok 1

Las victorias soviéticas

4 oct. 1957 — Primer satélite artificial (Sputnik 1)

3 nov. 1957 — Primer ser vivo en el espacio (la perra Laika)

4 ene. 1959 — Primera sonda lunar (Luna 1)

12 abr. 1961 — Primer humano en el espacio (Yuri Gagarin a bordo del Vostok 1)

16 jun. 1963 — Primera mujer en el espacio (Valentina Tereshkova a bordo del Vostok 6)

12 oct. 1964 — Primera nave para varios pasajeros (Vosjod 1)

18 mar. 1965 — Primera salida de un hombre fuera de la cabina (Alexi Leonov, Vosjod 2)

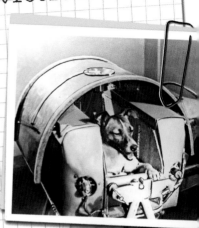

¡Objetivo la Luna!

En 1961, en respuesta a las victorias espaciales soviéticas, el presidente estadounidense Kennedy lanza el programa lunar Apolo.

El programa Apolo, cuyo objetivo es enviar a un estadounidense a la Luna antes del fin de la década de 1960, es un proyecto faraónico. Cuesta veinticinco mil millones de dólares de la época y da trabajo a aproximadamente cuatrocientas mil personas. Para el proyecto es necesario construir un nuevo complejo de lanzamiento en Cabo Cañaveral, el Centro de Vuelos Tripulados de Houston, lanzaderas Saturno V y naves Apolo.

El lanzador Saturno V sigue siendo hoy en día el más potente jamás utilizado en una operación. De 110m de alto y 10m de ancho, pesa 3.000 toneladas al despegar, era capaz de enviar una carga útil de hasta 47 toneladas a la Luna.

10m

Lanzador Saturno V

1. Torre de salvamento
2. Módulo de mando y de servicio Apolo
3. Cubierta que contiene el Lem
4. Tercer nivel
5. Segundo nivel
6. Primer nivel

La nave Apolo consta de tres elementos:

El módulo de servicio que guarda principalmente el motor, el carburante y las reservas de oxígeno e hidrógeno, las pilas de combustible que producen electricidad, el agua y la calefacción, que funcionan gracias al oxígeno y el hidrógeno.

El módulo de mando es el lugar donde viven los astronautas. Tiene forma cónica y mide 4m de diámetro por 3,5 de alto.

El módulo lunar (LM o Lem) se desprende del módulo de mando para posarse solo en la Luna. El interior mide como dos cabinas telefónicas y está diseñado para acoger hasta a dos astronautas.

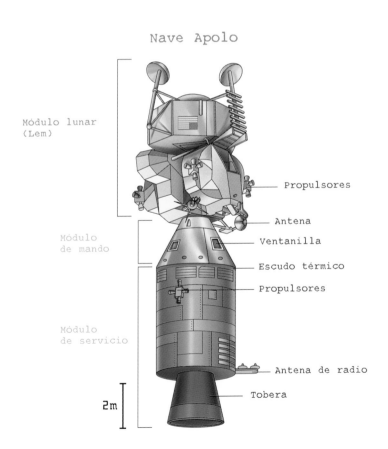

Nave Apolo

Módulo lunar
(Lem)

Módulo
de mando

Módulo
de servicio

Propulsores

Antena

Ventanilla

Escudo térmico

Propulsores

Antena de radio

Tobera

2m

De la Tierra a la Luna

Una misión Apolo dura aproximadamente diez días.
Cuando todo va bien, las etapas del viaje son siempre
las mismas.

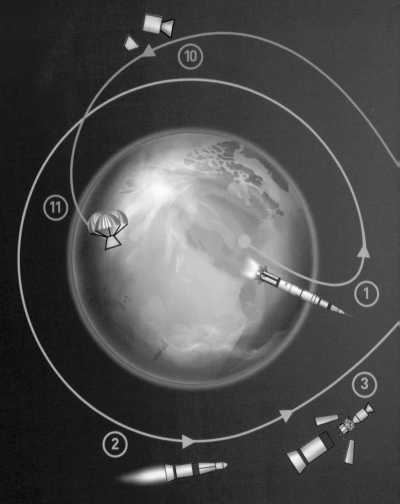

Diámetro de la Tierra: 1.276 km
Diámetro de la Luna: 3.475 km
Distancia media Tierra-Luna: 384.400 km

1. Despegue del cohete Saturno V y puesta en órbita alrededor de la Tierra.
2. Ignición para proseguir el viaje a la Luna.
3. El módulo de mando se separa del cohete y recoge el Lem.
4. Tras tres días de viaje, puesta en órbita alrededor de la Luna.
5. Separación: el Lem desciende hacia la Luna mientras el módulo permanece en la órbita lunar.
6. Alunizaje del Lem.

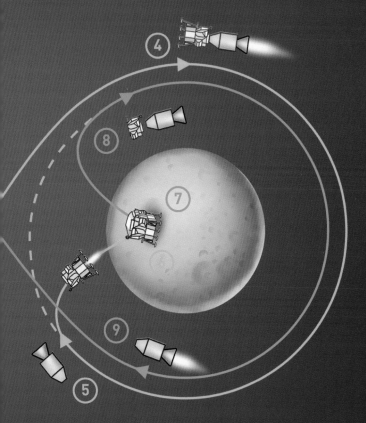

7. Despegue del Lem.
8. Estiba del Lem, transferencia de los hombres y después abandono del Lem.
9. Ignición para que el módulo de mando regrese a la Tierra.
10. Expulsión del módulo de servicio.
11. Amerizaje del módulo de mando, frenada con paracaídas.

Los astronautas

En la década de 1960, los astronautas norteamericanos
son héroes adulados por sus conciudadanos.

¿Cuántos astronautas ha habido? Con el desarrollo de los
programas Mercury, Gemini y después Apolo, la NASA multiplica
los alistamientos: siete norteamericanos seleccionados en 1959;
nueve en 1962 (entre ellos, Armstrong y Lovell); catorce en 1963
(entre ellos, Aldrin y Collins); seis en 1965; 19 en 1966 (entre ellos,
Haise, Mattingly y Swigert)...

El entrenamiento. El nuevo astronauta empieza su formación
con cursos de geología, astronomía, informática, meteorología,
navegación, comunicación, lanzadores espaciales, salidas al
espacio... Una vez destinado a una misión, sigue su entrenamiento
en el simulador.

Una tripulación se entrena
para salir de la cápsula

Fred Haise en un simula...
de vuelo

Lovell y Haise ensayando una experiencia científica.

La elección de tripulación. Como jefe de los astronautas, Deke Slayton elige las tripulaciones. Hay algunas reglas y muchas excepciones. En principio, un astronauta veterano tiene prioridad sobre un principiante. Un piloto de módulo puede pasar a dirigir una misión futura. Un piloto de Lem, en cambio, no vuelve a volar.

Los riesgos del trabajo. El 27 de enero de 1967, durante un ejercicio en el suelo, la cápsula del Apolo 1 prendió fuego: los astronautas Gus Grissom, Ed White y Roger Chaffee mueren. Tres meses más tarde, los soviéticos pierden a un hombre: el 23 de abril, el paracaídas del Soyuz 1 arde y la nave se estrella en el suelo, matando al cosmonauta Vladimir Komarov.

¿Para qué ir a la Luna?

El primer objetivo de la NASA es ganar a los soviéticos. El segundo es científico. Los doce norteamericanos que han pisado el suelo lunar han traído 382 kg de piedra y han realizado numerosos experimentos: instalación de un reflector láser para medir la distancia entre la Tierra y la Luna, sismografías, perforaciones... Esto ha permitido conocer mejor la geología de la Luna, su edad, su formación e incluso su química. Pero ante el coste de las misiones y el creciente desinterés del público norteamericano, la NASA abandona el programa en 1972: llega a anular las misiones Apolo 18, 19 y 20.

Los vuelos tripulados apolo

Apolo 7 (octubre 1968):
primer vuelo Apolo tripulado en
la órbita terrestre.

Apolo 8 (dic. 1968):
Primer vuelo hasta la Luna

Apolo 9 (marzo 1969):
primer vuelo con el Lem
(solo en la órbita terrestre)

Apolo 10 (mayo 1969):
primer vuelo con Lem alrededor
de la Luna

Apolo 11 (julio 1969):
primer paso del hombre
en la Luna

Apolo 12 (nov. 1969):
Segunda misión a la Luna

Apolo 13 (abril 1970):
Misión fallida

Apolo 14 (febrero 1971):
tercera misión a la Luna

Apolo 15 (julio 1971):
primera misión
con Rover Lunar

Apolo 16 (abril 1972):
segunda misión con Rover Lunar

Apolo 17 (dic. 1972):
últimos pasos del hombre
en la Luna

¿Un día en Marte?

Después de la Luna, el astro al que el hombre podría ir es Marte. El planeta no carece de interés científico (su geología, el agua que esconde, la vida que ha podido albergar...) y práctico (relativamente cerca de la Tierra, temperatura aceptable en el suelo...). Varios robots ya se han posado allí, pero ninguno ha vuelto. Antes de enviar humanos, habría que solucionar numerosos problemas asociados a pasar dos años de viaje de ida y vuelta: reciclaje del aire, del agua, de los deshechos, producción de alimento, protección contra los rayos cósmicos, concepción de la nave... Sin olvidar la formación de los astronautas, que tendrán que soportar un confinamiento muy largo. Marte no es algo para mañana: hay que invertir mucho tiempo y dinero y la primera etapa será probablemente un regreso previo... ¡a la Luna!

Capítulo tres

¿Dónde están los periodistas?
Visita al Odisea y al Acuario
Un mal presentimiento

–¡Bárbara! ¡Date prisa, por Dios, que llegamos tarde!

Marilyn Lovell se puso el vestido blanco y cogió su bolso de mano de la mesilla de la entrada. Susan, de once años, esperaba prudentemente la hora de marcharse del sofá. Bárbara arrastraba los pies, como solía hacer.

Marilyn subió una planta y abrió la puerta de la habitación de su hija mayor.

–Son las 19.50h y la emisión de papá empieza en media hora. ¡Venga, nos vamos ya!

Frente al espejo, la adolescente de dieciséis años refunfuñó mientras dudaba entre una blusa fucsia y otra naranja.

–¡Ponte la blanca! –exclamó cortante su madre–. ¡Esto no es un concurso de belleza! Bueno, voy a darle un beso a Jeffrey y nos vamos.

Marilyn se fue a la habitación contigua. Tumbado en

el suelo, su hijo de cuatro años jugaba con cochecitos junto a Elsa Johnson.

–Cariño, voy al Centro Espacial con Bárbara y Susan, pero vuelvo enseguida. ¡Pórtate bien con Elsa!

–Sí, mamá. ¡Dame un beso, mamá!

–Toma un beso, grandullón. Hasta ahora, Elsa.

Durante cada vuelo, un caparazón protector se tejía alrededor de las esposas de los astronautas. Elsa Johnson, una amiga de Cabo Kennedy, había venido a Houston especialmente para ayudar a Marilyn en sus tareas domésticas. La NASA había puesto además a su disposición un agregado de prensa encargado de alejar a los curiosos y de responder a los periodistas las veinticuatro horas del día.

Marilyn volvió al cuarto de Bárbara, que había optado finalmente por una camisa verde manzana. No había quién la entendiera.

–¿Estás lista? Venga, nos vamos.

Madre e hija descendieron por las escaleras y Susan se unió a ellas.

–Hasta ahora, Bob.

Sentado en un sillón del salón, Bob McMurrey, el agregado de prensa, levantó la vista de su periódico. Un año y medio antes, con el Apolo 8, había tenido mucho trabajo: hordas de periodistas y de curiosos tuvieron la tentación de ver, fotografiar, entrevistar y conocer las impresiones o los miedos de Marilyn.

Para el Apolo 13 se aburría totalmente: no había nada que hacer.

–Hasta pronto, señora Lovell –respondió antes de volver a sumergirse en su revista.

Marilyn y sus dos hijas salieron de casa, se sentaron en el coche familiar y se pusieron en camino hacia el Centro Espacial. A esa hora la circulación era fluida y el trayecto duró menos de un cuarto de hora.

Bárbara miró el reloj del cuadro de mando: 19.55h.

–¿Ves, mamá? No hacía falta enfadarse, llegamos a tiempo.

–Sí, cariño...

Y es cierto que estaba enfadada. No con su hija, que no había hecho nada: odiaba a las cadenas de televisión y a los periodistas. Durante cada misión, la NASA proponía a las cadenas un programa ya listo de unos treinta minutos grabado en directo desde la cápsula. Con el Apolo 8, las cadenas de televisión interrumpieron su emisión habitual para mostrar a Jim y a sus compañeros. Toda América los vio. Con Apolo 11, la Tierra entera vio los primeros pasos de Neil y de Buzz en la Luna.

Con el Apolo 13 no había nada previsto.

Aquella noche, ABC difundió la película *Cuando vuelan las balas*; CBS el programa *Lucy*; NBC *El espectáculo de humor de Rowan y Martin.* Y los periodistas de prensa ya no hablaban de la misión: apenas unas líneas en la página de meteorología o en la última página.

Sí, realmente era lamentable.

¡Y aún había más! Marilyn tenía la posibilidad de ir al Centro Espacial para ver las imágenes de la red interna. Pero la madre de Jim, desde su residencia, ni siquiera podía seguir los logros de su hijo.

Lamentable.

Algo nerviosa, Marilyn Lovell aparcó el coche frente al edificio 30 N del Centro Espacial y después se fue al auditorio con sus hijas. Estaba casi vacío, solo unos cuantos oficiales y, en un rincón, la esposa de Fred Haise.

–Hola, Mary. ¿Qué tal? ¿Qué tal estás aguantando el tipo?

Mary Haise estaba a punto de dar a luz a su cuarto hijo.

–Hola, Marilyn. Pues voy bien. ¡Le he prohibido al bebé salir antes de que vuelva su padre, así que está esperando!

Terry White, el responsable de relaciones públicas de la NASA, entró en el auditorio.

–Anda, Marilyn. ¡Me alegro de verla! ¿Cómo está?

–Hola, Terry. Pues estoy bien. Pero no puedo ocultar que habría preferido ver a Jim desde mi sofá...

–He hecho todo lo posible por que fuera así, ¿sabe? Pero los responsables de las cadenas han hecho sondeos: «¿Prefiere ver Apolo 13 o su programa habitual?» La respuesta de los telespectadores ha sido inapelable. Es triste, pero las misiones espaciales ya no apasionan a las masas. Hemos llegado a la Luna y ganado a los soviéticos. La partida ha terminado. Volvemos a la normalidad.

–Sí, es muy triste –se lamentó Marilyn Lovell.

–Bueno, no lo piense más y siéntese: la emisión en directo empieza en tres minutos.

Marilyn y sus hijas se instalaron junto a Mary Haise.

–Oiga... Terry... una última cosa: ¿se lo ha dicho a Jim? ¿Sabe que ninguna cadena difundirá la emisión?

Terry White se rascó la cabeza.

–Bueno... es decir... no queremos preocuparle con esas cosas. Ya se lo diremos más tarde...

–Comprendo –suspiró Marilyn Lovell–. Ha hecho bien.

* * *

Una imagen en color apareció en pantalla. Una imagen que se movía, tomada sin duda por una cámara que alguien estaba sujetando con las manos. Se veía el interior de un módulo espacial.

La voz del Capcom resonó:

–Está bien, Jim, estás en antena.

–Ah... Hola, América. Bienvenidos a bordo de la nave Apolo 13. Hoy es lunes 13 de abril y son las 20.24h, hora de Houston. Despegamos hace dos días y actualmente estamos navegando a 320.000 kilómetros de la Tierra. Mañana estaremos en órbita alrededor de la Luna...

La cámara giró sobre sí misma y el rostro de Lovell apareció. Él era quien sujetaba la cámara. Tenía buena cara y aspecto descansado a pesar de la barba de dos días.

»Pero ni siquiera me he presentado: me llamo Jim Lovell y soy el comandante del Apolo 13.

La cámara giró en dirección opuesta y aparecieron los rostros de Jack y de Fred.

»Estos son los miembros del equipo: Jack Swigert y Fred Haise. Y como vamos a pasar media hora en su compañía, les propongo una vuelta para enseñarles esto. Jack, tú que eres el piloto del módulo de mando, ¿podrías contarnos algo?

–Pues sí, Jim... Bueno, como podrán ver, tiene la forma de un cono de cuatro metros de diámetro por tres metros y medio de alto. No es muy grande, pero lo suficiente para albergar a tres personas durante una semana. Todos esos botones y pilotos forman el cuadro de mando. ¿Lo estás grabando, Jim? Es bastante gracioso: tiene quinientos comandos, así que es una proeza tecnológica. Pero una proeza que hay que manipular con guantes presurizados. En cierto modo es tecnología para elefantes.

–¡Habla por ti, Jack!

–Sí, bueno... ¿qué más les puedo enseñar? ¡Ah, sí, síganme! Allí, al pie de los asientos, hay una puertecita y detrás, un armario. Ahí es donde guardamos nuestras provisiones. ¡Fíjense! En esa bolsa hay pavo en su salsa. Está escrito encima. Y en esta otra hay espagueti a la boloñesa. Cada bolsa está cerrada con un velcro de color:

rojo para Jim, azul para Fred y blanco para mí. ¡Así no discutimos!

Swigert se volvió hacia la cámara con una sonrisa en los labios.

»Jim, ¿enseño como hacemos nuestras necesidades?

–No, no será necesario... Explícanos mejor cómo pilotas el módulo.

Cómo orinar en el espacio... Era la pregunta que los periodistas formulaban con más frecuencia: «En ingravidez, las gotas de líquido forman pequeñas bolitas que flotan en el aire, ¿verdad? Entonces ¿cómo evacuan la orina?» Para eso, los ingenieros habían inventado un aspirador de pipí. El astronauta orina en un tubo y la orina es aspirada directamente. Luego tira de la cadena y el líquido se expulsa fuera del módulo, en el vacío intersideral.

Por supuesto, era imposible enseñar eso en la pantalla. Durante unos diez minutos, Jack habló de cómo pilotaba, de los asientos, del reproductor de casetes que permitía que hubiera algo de música en la cabina...

Después la cámara se volvió hacia Haise.

–Gracias, Jack por esta panorámica. Fred, ¿nos enseñarías el Acuario? Acuario es el mote que le hemos dado al Lem. Y hemos llamado al módulo de mando Odisea.

–¡Por supuesto, Jim! Síganme, voy a...

–Espera un segundo. Antes de entrar, me gustaría decir algo del módulo de servicio. Allí, bajo las literas, al otro lado de la pared, está el escudo térmico que nos protegerá cuando volvamos a la Tierra. Y tras el escudo, hay otro módulo estibado a aquel. Es un cilindro de ocho metros de largo dividido en seis asientos. Contiene las baterías de combustible que producen la electricidad, las reservas de hidrógeno y de oxígeno, un motor para corregir la trayectoria y carburante. Vamos, lo necesario para asegurar el buen funcionamiento de la nave. No puedo mostrarlo porque no se puede acceder desde la cápsula, pero existe y quería comentarlo. Dicho esto, voy contigo, Fred.

Fred Haise se metió por un pasadizo estrecho que conducía de lo alto del módulo hasta el Lem. Jim Lovell lo siguió a nado con la cámara en mano.

–Como podrán ver, el Acuario es mucho más pequeño que el Odisea. Apenas del tamaño de dos cabinas de teléfono.

La cámara recorrió toda la cápsula: dos sillas, un minúsculo cuadro de mando, dos ventanillas triangulares.

»Pero Jim y yo no pasaremos aquí más que dos días: el tiempo de posarnos en la Luna, de hacer unos experimentos y de volver al módulo. Así que sobreviviremos. ¿No es así, Jim?

–¡Por supuesto, Fredo! Estabas hablando de los experimentos que haremos en la Luna. ¿Podrías explicar algo más a los telespectadores?

A diferencia de Lovell y Swigert, Fred Haise no era un apasionado del pilotaje: su pasión era la exploración lunar, las muestras que recogería, los aparatos que instalaría, la geología, la ciencia... Hablaba de ello con avidez.

Tras quince minutos de explicaciones, una voz intervino.

–Apolo 13, aquí Houston. Está bien, chicos. Creo que ha quedado claro. Se acerca la hora de cortar la comunicación. Jim, ¿puedes concluir?

–Sí, claro.

La cámara dio media vuelta y el rostro de Jim Lovell reapareció sonriente.

»Bueno, pues ya está. Esperamos que esta pequeña visita os haya gustado. Nuestra próxima emisión tendrá lugar en tres días, en directo desde la Luna. ¡Venid todos! Todavía nos queda un buen trecho por delante. Y ahora, vamos a acostarnos, que es tarde. Buenas noches y hasta pronto.

El rostro de Jim permaneció en la imagen unos segundos y luego desapareció. La pantalla se quedó negra.

* * *

Eran las 21.15h y el coche de los Lovell avanzaba a toda velocidad en dirección a casa.

En la parte de atrás iban Bárbara y Susan, que estaban en silencio.

Al volante, Marilyn iba más relajada.

Jim parecía estar bien.

Desde que él dijo que viajaría en el Apolo 13, ella no había dejado de inquietarse. Se angustiaba por una burrada: el número 13. Aparecía por todas partes: desde la hora del despegue (13.13h) hasta la fecha (lunes 13 de abril).

Marilyn tuvo un mal presentimiento.

No lo había tenido en los vuelos anteriores. Es cierto que siempre se inquietaba cuando Jim participaba en una misión, pero ¿acaso no es éste el destino de toda las esposas de astronautas y pilotos? En Pax River no pasaba una semana sin que un ruido sordo la sobresaltara. Solía producirse a dos o tres kilómetros de su vivienda. Seguía el rugido de las sirenas de los bomberos y la llamada telefónica de Jim para tranquilizarla: un avión se había estrellado pero no era el suyo, y el piloto de pruebas había salido antes del choque.

Desde siempre, Marilyn vivía con el miedo en las entrañas.

Sin embargo, nunca antes había tenido malos presentimientos.

Hasta este vuelo.

Pero Jim parecía estar bien.

Él no solía mostrar sus sentimientos y ocultaba siempre sus inquietudes. Incluso si hubiese habido algún problema en el Apolo 13, no habría dejado que apareciera en pantalla. Pero tras dieciocho años de matrimonio, conocía a su marido al dedillo: sabía, por el tono de su voz, cuándo estaba tranquilo y confiado.

Y todo parecía ir bien.

Al aparcar frente a su casa, Marilyn estaba sonriendo.

Se precipitó a la entrada y se paró en seco al ver a Elsa Johnson charlando con Bob McMurrey.

–Ah... ¿Jeffrey está ya acostado?

–Sí, lleva media hora durmiendo como un lirón.

Marilyn estaba decepcionada: le habría encantado darle un último beso a su hijo. Mientras sus hijas subían a las habitaciones, ella fue a la cocina.

–He preparado café. ¿Alguien quiere?

–¡Yo sí! –contestó una voz masculina.

No era la de McMurrey.

Marilyn se volvió bruscamente.

–¡Eh! Pete y Jane. ¡Me alegro de veros!

Durante las misiones, la casa de los Lovell se convertía en un lugar donde todo el mundo iba y venía a su antojo. Eran el astronauta Pete Conrad y su esposa Jane.

–¿Has ido al Centro? –preguntó Conrad.

–Sí, con las niñas.

–Parece estar bien.

La cara de Marilyn se crispó.

–De todas formas, ¡qué vergüenza que ninguna cadena haya difundido la emisión! Hace un año, por el mismo trabajo, habrían sido héroes. Ahora es como si nada...

–Sí, está feo...

El teléfono sonó, seguramente alguien buscando noticias sobre Jack.

–Tranquilo, Bob, ya contesto yo –exclamó Marilyn al agregado de prensa.

Descolgó el auricular y oyó:

—Buenas noches, Marilyn, soy Jack Hammack.

Jack Hammack, otro vecino. Era el encargado de la NASA de recuperar las cápsulas Apolo en el mar.

—Buenas noches, Jack. ¿Qué tal va?

—Bien... Solo quería decir que todo está listo... Jim puede amerizar en cualquier océano del planeta, que nosotros estaremos allí para recogerle.

—No me cabe duda, Jack, pero, ¿por qué me lo dice a estas horas?

—Para que no se inquiete... Lo tengo todo listo. Si hace falta, los soviéticos nos ayudarán.

Marilyn Lovell no entendía nada. Algo se le escapaba. ¿Qué pintaban los soviéticos en todo esto? El tono de Hammack no parecía normal.

—¿Va todo bien, Jack? ¿No estará un poco...? ¿Cómo decirlo...? ¿No habrá bebido una copa de más?

Silencio incómodo al otro lado del teléfono.

—Bueno... Marilyn... ¿El Centro no se lo ha dicho?

—¡¿Dicho el qué?!

—Ha habido un problema.

Capítulo cuatro

«Houston, tenemos un problema»
De mal en peor...
Un bote salvavidas improvisado

***A**polo 13 poco después de terminar el reportaje.*

Jim Lovell acababa de guardar la antena. Volvió al módulo de mando, donde Jack Swigert se había quedado mientras Fred Haise apagaba las luces del Lem.

–Apolo 13, aquí Houston.

–Aquí 13 –respondió Lovell–. Os escuchamos.

–Antes de dejaros tranquilos esta noche, tenemos algunas cosas que pediros.

–¡Adelante!

–Habría que girar a la derecha a 060 y poner las tasas de nuevo a cero.

–Ejecución.

–¿Podríais comprobar los propulsores C4?

–Ya está.

–Bueno, y cuando tengáis tiempo habría que mover las **145**
reservas criogénicas.

–OK. Podéis contar con ello.

Las reservas criogénicas se encontraban en el módulo de servicio, aquel enorme cilindro estribado al módulo de mando. Dos reservas contenían oxígeno a -200ºC; los otros dos contenían hidrógeno. Cada cierto tiempo había que activar una hélice mediante un motor eléctrico para mantener su contenido homogéneo.

Jack Swigert presionó el interruptor que acciona el mezclado y después esperó nuevas instrucciones. Jim Lovell se levantó de su asiento para colocar la cámara que había usado durante el directo. En cuanto a Fred Haise, estaba regresando del Lem por el túnel.

Pero de pronto, una sacudida.

La nave entera vibró.

Swigert sintió el temblor debajo de él.

Lovell, que estaba flotando en el aire, vio cómo la pared se movía y oyó un ruido sordo como un trueno. Echó un vistazo enfadado a Fred Haise: en varias ocasiones desde el despegue, había accionado maliciosamente la válvula que reequilibra la presión. Una broma pesada que provocaba una sacudida inquietante pero inofensiva. Esta vez la broma estaba llegando demasiado lejos...

Pero Lovell no descubrió en los ojos del piloto la malicia habitual: era miedo profundo, animal.

Lovell se giró hacia Swigert y se topó con la misma mirada aterrorizada. Sintió cómo su corazón se aceleraba bruscamente y se precipitó a su silla.

En el panel central del cuadro de mandos una luz amarilla empezó a parpadear.

Después sonó una alarma.

La siguió una luz de alarma por el lado derecho.

Swigert inspeccionó el panel eléctrico.

El Bus B, uno de los dos paneles que alimentan la electricidad de toda la nave, mostraba señales de debilidad.

¡Si el Bus fallaba, la mitad de los instrumentos podían pararse!

—Creo que tenemos un problema —gritó Swigert dirigiéndose a Houston.

Silencio.

—Aquí Houston. ¿Podéis repetir, por favor?

—Houston —repitió Lovell—, tenemos un problema. Hemos tenido una caída de tensión en el Bus B...

—Entendido. Caída de tensión en el Bus B —insistió Houston—. Permaneced a la escucha, vamos a averiguar qué ocurre...

Sy Liebergot se lanzó a su consola y abrió los ojos como platos.

Las cifras sencillamente habían dejado de dar información.

Había interpretado aquellas cifras estrafalarias a montones desde que se hizo controlador EECOM dos años atrás. Su trabajo consistía en verificar que la nave tuviera buena alimentación eléctrica y energética y, durante las simulaciones, el gracioso del Simsups no dejaba de colmarle de datos extraños.

Pero aquello no tenía sentido.

Liebergot rastreó la pantalla con la mirada.

Si se creía los datos, uno de las dos reservas de oxígeno del módulo de servicio ya no existía. Dos de los tres contenedores de combustible que aprovisionaban la nave de energía ya no funcionaban. Y el sistema de presurización estaba fuera de servicio.

Liebergot sintió que se le helaba la sangre.

Era catastrófico.

Tan catastrófico que resultaba alentador. Si se toma la temperatura de un enfermo y el termómetro indica 32ºC, el dato puede significar que el enfermo está muerto. Pero si se sigue moviendo, significa que el termómetro es el que está muerto, algo que es al fin y al cabo menos grave.

El controlador se repuso: el problema no debía provenir de la nave sino de los instrumentos de medida.

Presionó el interruptor del micrófono y llamó a Gene Kranz, el director de vuelo.

—Dirección de vuelo, aquí EECOM. Tengo un problema con los instrumentos. Voy a ordenar los datos y vuelvo a llamar.

—Entendido.

Después de la llamada de emergencia de los astronautas, Gene Kranz se vio asediado por las llamadas de sus controladores.

–Dirección de vuelo, aquí INCO. Apolo 13 ha cambiado bruscamente de banda de frecuencia. La antena principal ya no está emitiendo.

–Dirección de vuelo, aquí GUIDO. Tenemos un problema sin definir con la trayectoria de la nave. Reiniciamos el ordenador para aclarar este punto.

Sentado ante la consola, Gene Kranz hacía girar el lápiz de papel entre sus dedos. Era el único signo visible de nerviosismo que se permitía a sí mismo.

Como director de vuelo, tenía autoridad absoluta en todos los campos: como último resorte, era quien decidía las acciones que se llevaban a cabo para mantener la supervivencia de la misión y de la tripulación. Pero antes de tomar una decisión cualquiera, cuyas consecuencias podrían ser peores que el mismo problema, había que esperar a que la situación se aclarara un poco.

Y pensar con calma.

¿Qué habría pasado ahí arriba?

¿Un problema de instrumentos?

¿Algo peor?

Lo peor que podría ocurrir en un vuelo espacial era la colisión con un objeto celeste. Había pocas probabilidades, pero los daños eran potencialmente considerables. Un grano de arena de un gramo volando a una velocidad de 10.000 kilómetros por hora tiene la misma energía cinética que una bola de bolos lanzada a 100 kilómetros por hora.

¿Algo así habría alcanzado la nave?

¿Qué parte de la nave estaría dañada?

¿Cuáles eran los daños reales?

Había que determinarlo antes de actuar.

En la cabina del Apolo, Fred Haise se había colocado en su puesto. Como era el encargado de los sistemas eléctricos embarcados, examinaba la información proporcionada por el Bus B. La situación parecía estar mejorando un poco.

–Houston, el voltaje vuelve a ser correcto –anunció aliviado–. Hace un momento las alarmas se han disparado tras un «bum» enorme.

–Entendido –contestó tranquilamente el Capcom.

El Capcom tenía que permanecer imperturbable, oyera lo que oyera. Todas las comunicaciones entre la nave y la Tierra pasaban por él. Los astronautas no oían los intercambios que se producían en el suelo y no debían, en ningún caso, percibir el clima de pánico que reinaba en la sala de control.

–El oxígeno de la reserva 2 indica cero –afirmó Swigert–. ¿Lo has visto ya?

–Lo he visto –repuso el Capcom con tono neutro.

–¡Eh –exclamó Haise–, el Bus B acaba de caer a cero! Y hay sobretensión en el Bus A. En torno a veinticinco y medio...

–Veinticinco y medio –repitió el Capcom.

Pero, por Dios, ¿qué estaba pasando?

Desde el incidente, diez minutos antes, nada funcionaba correctamente. ¡Los datos pasaban de golpe de cero a cien! Para después volver a caer a cero de nuevo... ¿Cómo, en esas condiciones, iban a hacerse una idea del estado de la nave?

Y para complicarlo todo, el vehículo no dejaba de agitarse por las turbulencias. Los micropropulsores se activaban automáticamente para estabilizarlo y después se detenían cuando parecía controlado. Pero las turbulencias no tardaban en volver...

¿Qué desbarajuste era éste?

Nervioso, Jim Lovell presionó el interruptor del piloto automático. Puesto que el ordenador de bordo no era capaz de nada, él mismo estabilizaría la nave. Con la ayuda del timón activó el gas, lo soltó, corrigió la dirección un poco en la otra dirección y, tras unos segundos, logró neutralizar el balanceo. Pero los movimientos volvían inmediatamente en cuanto soltaba el timón.

¡Era insoportable!

Exasperado, se quitó el cinturón y nadó hasta la ventanilla. Le hubiera gustado salir de la nave para dar una vuelta e inspeccionar. Como era imposible, se contentó con pegar la nariz al cristal. Fuera, una nube blanca envolvía el módulo, un vapor cristalino que parecía extenderse varios kilómetros alrededor de ellos.

Jim Lovell inspiró profundamente.

Una fuga: el miedo de cualquier piloto. Era la prueba de que la nave perdía algo, que estaba dañada, que se quedaba sin sangre. Y al mismo tiempo, al ver aquella nube irisada, el astronauta sintió como un alivio. Una fuga: el mal tenía ya un nombre. Ahora podían trabajar con conocimiento de causa.

—Houston, creo que tenemos una fuga al exterior. Algo está saliendo al espacio.

—Comprobamos que hay una fuga —respondió el impasible Capcom.

—Es gas —precisó Lovell.

—¿Ves por dónde sale?

—Por ahora lo veo a través de la ventanilla 1.

—De acuerdo...

«Una fuga —pensó Gene Kranz—. Eso lo explica todo...»

El director de vuelo se levantó y se puso a dar vueltas frente a su consola.

Unos instantes antes, Sy Liebergot le había transmitido noticias frescas de la consola EECOM... malas noticias, evidentemente. No sólo la reserva de oxígeno número 2 había desaparecido, sino que la presión en el interior de la número 1 disminuía misteriosamente. Esta bajada de presión y la fuga observada por Lovell estaban sin duda ligadas: el oxígeno se escapaba de la reserva número 1 y no era un problema de los instrumentos de medida.

El chorro de gas debía ser el origen del balanceo: actuaba como un micropropulsor suplementario e incontrolable. Mientras la nave tuviera un escape, habría turbulencias.

Y esta fuga también era el origen de los problemas eléctricos. Las pilas de combustible que fabricaban electricidad, calor y agua –necesario para que los astronautas pudieran vivir– funcionaban gracias al oxígeno y al hidrógeno de las reservas. Una fuga de oxígeno podía traducirse en una bajada de tensión eléctrica.

Gene Kranz se volvió a sentar frente a la consola.

La situación se clarificaba: la reserva número 2 había explotado por una razón desconocida, y había dañado el circuito de oxígeno. Por eso la reserva número 1 se vaciaba. Había que localizar la fuga y detenerla cuanto antes...

–Dirección de vuelo, aquí EECOM.

Era Liebergot.

–Te escucho –respondió Kranz.

–Las necesidades eléctricas de la nave son demasiado grandes. La única pila que ha aguantado no basta para continuar: estamos al borde de la avería general. Habrá que conectar cuanto antes la batería de vuelta a la Tierra, después reducir el consumo y luego volver a conectar la pila.

El módulo de mando disponía efectivamente de una batería potente. Tenía una vida limitada a varias horas, estaba previsto que sirviera solo en el momento de volver a la Tierra. Por eso, en caso de necesidad, se podía utilizar para otros fines. Pero no demasiado tiempo, ya que podía comprometer el final del viaje.

—Queréis conectar la nave a la batería para volver a ponerla a todo gas —repitió Kranz—, después apagar lo que sea inútil y luego volver a conectar la pila al combustible. ¿Es eso?

—Es eso.

—¿Y cuánto queréis que reduzcamos el consumo eléctrico?

—Diez amperios.

Kranz hizo girar su lápiz a toda velocidad entre sus dedos. Diez amperios era demasiado: una quinta parte del consumo total. Eso significaba que la nave se ralentizaría, lo cual comprometía el alunizaje. A pesar de todos los problemas, a Kranz le costaba tomar una decisión. Pero Liebergot tenía razón: la supervivencia de la nave y de la tripulación dependía de ello...

Presionó el interruptor de comunicación con el Capcom.

—Capcom. Empezamos el procedimiento de urgencia y reducimos diez amperios el consumo.

—Entendido.

El Capcom presionó el botón de comunicación con la nave.

—Apolo 13, aquí Houston. Coged el manual de seguridad, páginas rosas de la 1 a la 5. Reducid el consumo diez amperios.

 Jack Swigert nadó hasta el pañol inferior. Los manuales de emergencia estaban pegados a la pared con velcro. Tomó el de reducción de potencia y regresó a su lugar.

–¡Toma Fred, léeme las instrucciones, por favor!

Uno a uno, Swigert cortó la docena de circuitos inútiles. La cabina se quedó entonces hundida en penumbra.

–Apolo 13, aquí Houston.

–Aquí Apolo 13, os escuchamos.

–Puede ser que la fuga se esté produciendo por la pila 3. ¿Podéis cerrar la válvula de reflujo de la pila 3? ¡Contestad!

–¿Cómo? –gritó Haise–. ¿Quieres que dejemos fuera del circuito la pila 3 cerrando la válvula de reflujo?

–Afirmativo.

Los tres astronautas se miraron: cerrar una válvula de reflujo era una operación irreversible. Si les pedían hacer eso, su situación debía ser realmente crítica.

Fred Haise ejecutó la orden.

Unos minutos más tarde llegó otra orden.

–13, aquí Houston. Tenéis que cerrar también la válvula de reflujo de la pila 1.

El primer cierre no había servido para nada.

Fred Haise cerró la válvula de la pila 1.

Jack Swigert echó un vistazo al indicador de presión de la reserva número 1. Antes del accidente estaba en 60 bar. Ahora no estaba más que en 22 bar. Y a pesar del cierre de las válvulas, seguía cayendo. No habían encontrado la fuga y no la encontrarían nunca.

—A este ritmo –dijo Swigert desesperado– la reserva no tardará en vaciarse. En menos de una hora y media no tendremos oxígeno...

Sentado en su puesto de trabajo, Sy Liebergot garabateaba un cálculo rápido y llegó a la misma conclusión que Swigert.

Era desalentador.

Desde hacía ya dos horas, todas las tentativas por salvar la nave habían fracasado. Apolo 13 avanzaba inexorablemente a su ruina...

Y los astronautas...

Los pobres astronautas, a 320.000 kilómetros de la Tierra...

A menos que...

Para ellos, todo no estaba todavía perdido.

Un año antes, Liebergot había participado en una simulación que hoy podría resultar útil.

Había que hablar de ello con Kranz.

—Dirección de vuelo, aquí EECOM.

—Te escucho.

—El módulo de mando está perdido pero el Lem está intacto. La tripulación debe refugiarse allí cuanto antes mientras buscamos otra solución...

—¿No podemos hacer nada por tapar la fuga?

—No.

—Bueno... transmitiré la orden.

Ni un minuto que perder.

Jim Lovell y Fred Haise se quitaron el cinturón, nadaron a través del túnel y se instalaron en el Lem.

Acababa de empezar una terrorífica carrera contrarreloj. En menos de una hora y media, el módulo de mando se apagaría por falta de oxígeno...

Los dos astronautas empezaron a introducir las instrucciones para que la tensión llegara al Lem: había que poner el interruptor LUM en ON, los conmutadores GYRO SEL en PRIM y FDAI 1 & 2 en INTRL, el interruptor LTG en ON...

El aparato, que funcionaba con sus propias baterías y su propia reserva de oxígeno, respondía perfectamente a las órdenes. Resultaba alentador.

Al mismo tiempo, en la oscuridad del módulo de mando, Jack Swigert se enfrentaba a una máquina moribunda: tenía que poner los interruptores S-BAND en OFF, ICS T/R en OFF y RELAY en OFF, el conmutador MODE en ICS/PTT, el interruptor VHF A & B en OFF...

El astronauta no podía dejar que el módulo se apagara solo: lo necesitarían al regresar a la Tierra, si sobrevivían tanto. Había que apagar los instrumentos en función a órdenes muy precisas para conservar los ajustes adecuados.

Swigert tenía que ser rápido y preciso. El tiempo estaba contado.

Liebergot rehizo sus cálculos y creyó desfallecer: ¡treinta minutos, no tenían más que treinta minutos de oxígeno! ¡Una hora se había evaporado en diez minutos!

Rehizo los cálculos otra vez y las cifras nuevas no sirvieron precisamente de consuelo. ¡Dieciocho minutos, ahora nada más que dieciocho minutos!

Llamó frenéticamente a Gene Kranz.

–¡La fuga aumenta! ¡En unos minutos no habrá oxígeno en el módulo! Los astronautas tienen que abandonarlo o no podrán respirar...

–Gracias, Sy, lo transmito.

A pesar de la orden que acababa de dar, Jack Swigert permaneció en su puesto. Tenía un trabajo que acabar. Y, de todas formas, incluso cuando el módulo no recibiera oxígeno, quedaría lo suficiente para sobrevivir unos minutos.

–Jack –gritó Lovell desde el otro lado del túnel–, ¿puedes darme los parámetros de navegación?

Los ordenadores del módulo y los del Lem no estaban conectados entre ellos. Hasta entonces, era el módulo el que tenía memorizados los parámetros de orientación y de posición de la nave. Había que transmitirlos manualmente al del Lem.

Swigert se inclinó sobre los tres frontales de datos y leyó a gritos las cifras indicadas.

Al otro lado del túnel, Lovell las apuntó en una hoja de

papel y empezó a hacer una serie de cálculos: tenía que convertirlos para tener en cuenta la orientación particular del Acuario con respecto al Odisea.

«Bueno, 61 más 12 igual a 73...Y 6 por 8... ¿48 o 56? Eh, 7 por 8, 56; entonces 6 por 8, 48. Eso es... Después 73 menos 48... ¿Acaba en 5... 25 o 35? Me llevo una, entonces 25...»

Era horrible: bajo tanta presión, el astronauta dudaba del más ínfimo de sus cálculos. ¡Como un colegial que, al salir a la pizarra, pierde toda su capacidad! No tenía derecho al error, si no su nave se perdería en el espacio...

–Houston –exclamó–. Os necesito. He hecho las conversiones pero quisiera que verificarais mis cálculos... Os dicto las cifras.

Silencio en la sala de control.

Con el lápiz en la mano, los hombres de la consola de navegación controlaban las conversiones de Jim Lovell. En aquel lugar de altísima tecnología, el futuro de la misión dependía de cálculos garabateados en pedazos de papel...

Tras varios segundos, el primer controlador levantó el pulgar en alto, luego el segundo y después el tercero.

El Capcom tomó la palabra.

–Apolo 13, aquí Houston. Las cifras son buenas, podéis introducirlas en el ordenador del Lem.

A bordo del módulo, Jack Swigert colocó el último interruptor en «OFF».

Ya estaba hecho.

La cabina estaba ahora sumergida en una oscuridad fría. Desde la explosión, dos horas y media antes, la temperatura había caído de 22ºC a menos de 10ºC.

El astronauta se quedó aún unos instantes en el módulo de mando. Había concluido su trabajo de piloto: el aparato del que era responsable no estaba muerto, sino en un coma artificial.

Tiritando, nadó hacia la luz que brillaba al otro lado del túnel y se refugió en el Lem. Sentados en sus puestos, Jim Lovell y Fred Haise acababan de poner en marcha la cápsula.

—Ya estoy aquí —dijo.

La cabina no era grande pero un calor suave la estaba inundando. Era agradable.

Aquí, en este bote salvavidas improvisado, estarían seguros.

Pero ¿por cuánto tiempo?

El alunizador había sido concebido para permitir a dos personas vivir dentro durante dos días. Ahora bien, eran tres y se encontraban a cuatro días de navegación de la Tierra...

Capítulo cinco

Operación salvamento
Solidaridad, de la sala 210 a la Isla Kiritimati
El calvario de una esposa

*R*esidencia de los Lovell, miércoles 14 de abril, poco
después de medianoche.

La noticia se había extendido como la pólvora. Los
vecinos, los amigos, los agentes de la NASA y las esposas de los astronautas habían acudido a la residencia de
los Lovell.

Nadie decía gran cosa en el salón, que ahora estaba
repentinamente sobrepoblado. La gente se dirigía poco a
Marilyn, más allá de las fórmulas de consuelo habituales.
¿Qué otra cosa habrían podido decir? ¿Que no todo estaba perdido? ¿Que no debía preocuparse ya que Jim regresaría sano y salvo? Todo aquello habría sonado desesperadamente falso. Además, Marilyn no tenía ningunas ganas
de hablar: la presencia silenciosa de sus amigos era suficiente para ella en esos momentos.

Escuchaba lo que decía Jules Bergman, el comentarista científico de la cadena ABC. Durante la noche había anunciado que la tripulación del Apolo 13 no tenía más que una posibilidad entre diez de sobrevivir. ¡Una entre diez! Después, Marilyn esperaba el momento en que el periodista se alegrara y rectificara su terrible predicción. Pero daba igual.

¿Y los niños?

Casi los había olvidado. Un poco antes, había llamado por teléfono a la Academia Militar Saint-Jones, donde Jay, su hijo mayor, estaba internado. ¿Y los otros tres? ¿El ruido del salón los dejaría dormir?

Marilyn fue a la planta superior y echó un vistazo a las habitaciones de los pequeños. Bárbara y Susan dormían. Jeffrey, en cambio, estaba sentado en la cama.

–¿No estás dormido, cariño? –preguntó ella intentando parecer lo más natural posible.

–¿Por qué hay toda esa gente abajo?

–Han venido por papá. El motor de su nave ha tenido un problemita y no llegará a la Luna. Así que va a volver antes a casa. Está bien, ¿verdad? Venga, acuéstate y duérmete rápido...

La explicación pareció suficiente para el pequeño, que se quedó dormido.

* * *

Sala de control, 1.10h

Al principio de la noche, Neil Armstrong, Buzz Aldrin, Pete Conrad y otros tantos astronautas habían acudido espontáneamente a la sala de control. Estaban algo retirados, en silencio, listos para contestar a cualquier pregunta técnica si fuera necesario.

Detrás de las consolas, las caras habían cambiado. Desde el principio de la misión, cuatro equipos de controladores se relevaban cada ocho horas, cada uno con su director de vuelo y su color característico: blanco, negro o burdeos. El equipo «negro», de Glynn Lunner, acababa de reemplazar al equipo «blanco» de Gene Kranz. El nuevo Capcom se apresuró a transmitir a la tripulación la opción que habían elegido para continuar el viaje. Se habían presentado dos posibilidades. La primera era la más rápida: se trataba de poner todo gas para dar la vuelta y regresar directamente a la Tierra. Esta solución era desgraciadamente demasiado arriesgada: solo el motor del módulo de servicio era lo bastante fuerte como para eso. ¿Pero en qué estado se encontraba después de la explosión? Si lo ponían en marcha ahora correrían el riesgo de que todo explotara...

Habían optado por la segunda solución: dejar que el Apolo 13 siguiera su ruta alrededor de la Luna y que volviera después hacia la Tierra. Para ello bastaba con dos pequeños impulsos del motor del Lem: el primero muy rápido y el segundo cuando la nave hubiera pasado por detrás de la Luna.

El Capcom presionó el botón de comunicación con la tripulación y transmitió toda la información sobre el primer impulso.

Sala 210, 1.30h

–Muchachos, os voy a retirar de las consolas hasta que termine la misión. A partir de ahora, solamente los equipos «negro», «burdeos» y «oro» se ocuparán del vuelo minuto a minuto. Lo que espero de vosotros es algo muy diferente...

Gene Kranz, tieso como un militar, estaba en pie sobre el pequeño estrado de la sala 210 para que se le viera y oyera bien. La estancia, grande y sin ventanas, estaba situada varios pisos por debajo de la sala de control. Sus muros estaban cubiertos de largas bandas de papel sobre las cuales estaban impresos todos los datos del vuelo Apolo 13 hasta el accidente. Kranz había reunido allí a los controladores de su equipo «blanco»[9], así como a varios ingenieros a los que apreciaba.

–Lo que espero de vosotros es que reflexionéis sobre la continuación de la misión. Quiero ideas, propuestas, ima-

---

9. En un equipo, los controladores EECOM y TELMU se ocupaban de los sistemas energéticos y del entorno, tanto para el módulo de mando como para el Lem. Los controladores GNC y CONTROL seguían la dirección, la navegación y la propulsión, tanto del módulo de mando como del Lem. INCO se encargaba de los sistemas de comunicación. FIDO, de la dinámica de vuelo y de las maniobras que había que efectuar. RETRO, de la trayectoria para la vuelta a la Tierra...

ginación. ¿Cómo vamos a traer a los muchachos vivos a la Tierra? Tú, TELMU, quiero que me digas cuánto tiempo puede seguir funcionando el Lem a pleno rendimiento. ¿De cuánta agua disponen? ¿Y electricidad? ¿Y oxígeno? ¿Cómo podemos reducir su potencia para hacer que las reservas duren al máximo?

Gene Kranz recorrió la sala con la mirada, deteniéndose una fracción de segundo en varios controladores.

»RETRO, FIDO, GUIDO, CONTROL, GNC, quiero que penséis en la segunda impulsión del motor del Lem, después de pasar por detrás de la Luna. ¿Cuánto tiempo lo dejaremos encendido? ¿A qué potencia? Quiero varias propuestas y las consecuencias de cada una: duración de viaje y lugar de amerizaje.

Kranz buscó un hombre entre los asistentes y lo encontró.

»Tú, EECOM, quiero que me expliques las medidas que los astronautas tendrán que tomar para reanimar el módulo de mando cuando lo reintegren para el regreso a la Tierra. Quiero saber cómo se puede hacer funcionar los propulsores, el sistema de navegación y el complejo de supervivencia usando solo la energía de las baterías.

El controlador EECOM asintió.

»Veamos, muchachos... Lo que os pido es a la vez muy simple y muy complicado. Hay que inventar para los próximos tres o cuatro días un modo de funcionamiento totalmente nuevo para el Lem y el módulo de mando.

Olvidad todo lo que habéis hecho hasta ahora, o más bien aprovechad lo que sabéis para decirme cómo utilizar mejor los motores y traer a nuestros hombres a la Tierra. ¿Alguna pregunta?

No hubo preguntas, como solía ocurrir después de un discurso de Kranz.

* * *

Bethpage, 3 de la madrugada

La empresa aeronáutica Grumman tenía su sede en Bethpage, cerca de Nueva York. La fábrica se encontraba en un viejo edificio de ladrillo rojo prolongada por un enorme hangar metálico.

Normalmente, durante los vuelos Apolo, algunos ingenieros se quedaban de guardia por si acaso. Pero aquella noche, el aparcamiento estaba lleno como en pleno día. Desde que se supo la noticia, los obreros, los técnicos y los ingenieros habían acudido a su lugar de trabajo sin que nadie se lo pidiese. A fin de cuentas, ellos conocían el Lem mejor que nadie: aquel bicho espacial había sido concebido allí mismo, en el departamento de investigación, y había sido fabricada bajo el techo del hangar.

–¿Podemos hacer algo? –preguntaban los recién llegados.

El responsable del proyecto acababa de recibir instrucciones de la NASA: en unas horas, el Lem tendrá que funcionar con sólo 12 amperios, apenas un poco más de lo que hace que gire una lavadora...

Por tanto, sí, necesitarían toda la buena voluntad que hubiera.

* * *

Residencia de los Lovell, 7 de la mañana

Marilyn no había pegado ojo en toda la noche.

A las seis de la mañana, Elsa Johnson la había arrancado de la pantalla de televisión y le había sugerido con insistencia que se fuera a descansar un poco. Los niños se levantarían pronto y necesitaría tener mucha energía y valor para responder a sus preguntas.

Marilyn subió a su habitación y se tumbó en la cama. Pero los acontecimientos de la noche, que se arremolinaban en su cabeza, no le habían dado respiro.

Una hora más tarde, volvió a bajar al salón.

Por costumbre, echó un vistazo por la ventana hacia la calle.

Había una actividad poco habitual para el barrio residencial de Timber Cove. Varias furgonetas obstruían la calzada. Tenían letras pintadas a los lados: CBS, ABC, NBC... Había hombres con la cámara al hombro tomando imágenes. Otros daban vueltas por la acera con cuadernos en la mano. Había otros que seguían hablando al micrófono.

Marilyn Lovell hizo un gesto brusco para apartarse.

¡Los buitres!

—Ah, Marilyn, ya está levantada...

Era Bob McMurrey, el agregado de prensa. Él tampoco tenía un aspecto demasiado fresco. No había tenido nada que hacer durante los dos primeros días de la misión, pero desde el accidente no tenía ni un respiro. Decenas de periodistas le habían solicitado entrevistas.

—Buenos días, Bob —respondió Marilyn con la mirada perdida.

—Esto... es un poco delicado, pero tengo que transmitirle una petición... y necesitan su consentimiento.

—¿Qué?

—Varias cadenas de televisión quieren retransmitir los acontecimientos en directo y...

—¿Qué acontecimientos?

—Bueno, ya sabe, el progreso de la misión... Para ello quieren instalar una torre de telecomunicación en su jardín. ¿Está usted de acuerdo?

Marilyn creyó que iba a vomitar.

¿Cómo? ¡Los periodistas que dos días atrás no habían hecho ni el menor reportaje ni habían escrito la menor línea sobre el Apolo 13 de pronto se interesaban por la misión! Cuando todo iba bien, no había nadie. ¡Pero ahora que la vida de Jim pendía de un hilo, ahora sí, la televisión y la prensa vuelven a la carga, quieren imágenes! ¡Era despreciable!

–¡Dígales que no! –explicó Marilyn–. No se instalará ningún aparato en mi jardín, ¿entendido? ¡Ninguno! No tenían más que haberlo hecho hace dos días. Y si esta respuesta no les basta, dígales que hablen directamente con mi marido. Estará de vuelta el fin de semana.

* * *

El salón de honor del Centro Espacial, 9 de la mañana
Gerald Griffin se frotó la garganta.

–Señores, voy a describirles las tres opciones que se presentan para la segunda ignición del Lem, justo después de pasar por detrás de la Luna.

Una veintena de personas había tomado asiento en la sala. Estaban los ineludibles Gene Kranz, Deke Slayton y Chris Kraft, director adjunto del Centro. Pero también una serie de capos que, normalmente no participarían nunca en este tipo de reunión: el director del Centro, Bob Gilruth, el director de misiones espaciales, George Low, incluso el gran patrón de la NASA, Thomas Paine. ¡Ni más ni menos!

–Primera opción –anunció Griffin–: la combustión de larga duración. Lovell pondrá el gas del Lem al máximo de su potencia durante seis minutos. Para que sea eficaz, habrá que aligerar la nave, por lo que habrá que deshacerse del módulo de servicio. La vuelta a la Tierra se producirá treinta y seis horas después de la ignición, es decir, el jueves a mediodía, en el Océano Atlántico.

Griffin se volvió hacia el panel de papel en el que estaba detallada otra hipótesis de trabajo.

»La segunda opción es el impulso de media duración. En este caso también habría que separar el módulo de servicio. La combustión, un poco más corta, alargará el trayecto varias horas, lo que permitiría el amerizaje en el Océano Pacífico.

Algunos participantes parecieron dubitativos, otros al contrario, hicieron gestos de aprobación.

»Y finalmente, la tercera hipótesis, sería la combustión corta con la nave completa: no haría falta separarse del módulo de servicio. Pero el trayecto de vuelta sería bastante más largo. Apolo 13 caería en el Océano Pacífico un día más tarde, el viernes a primera hora de la tarde.

Siguió una sesión de preguntas y respuestas y después una discusión intermitente.

–La primera opción es la mejor –opinó Deke Slayton–. Cuanto más rápido sea el trayecto de vuelta, menos problemas habrá con los consumibles: no faltará agua, electricidad u oxígeno.

–Puede ser, Deke, pero no tenemos ningún navío en el Océano Atlántico. ¿Cómo vamos a recuperar la cápsula?

–Y aún más grave –objetó Chris Kraft–. Deshacernos tan pronto del módulo de servicio supondría que durante el trayecto de vuelta, el circuito térmico de la cabina no estaría protegido. Si llegara a estropearse, la vuelta a la Tierra sería imposible...

–¿Habría que optar por un regreso lento? –preguntó Low–. Es la opción más segura para la nave. Pero ¿qué harán los ocupantes sin agua ni electricidad?

Deke Slayton volvió a la carga.

–¿Y la segunda hipótesis?

Durante más de una hora, los argumentos estallaron. Y después, poco a poco, varios participantes fueron apoyando una de las opciones, y así fue apareciendo el consenso.

–¿Estamos entonces de acuerdo? –preguntó finalmente Chris Kraft–. ¡Perfecto! Esta noche a las 20.40h habrá un impulso de corta duración para amerizar el viernes a primera hora de la tarde en el Océano Pacífico.

Los hombres de la sala de honor habían primado la supervivencia del circuito térmico. Ahora el equipo de la sala 210 tenía que asegurar la supervivencia de los astronautas durante los tres días y medio que estaban por venir.

* * *

Al norte de la isla Kiritimati, 8 horas (hora local)

Eran las 14 horas en Houston, pero en esta región del Pacífico sur, el día acababa de empezar.

Un día magnífico.

El portahelicópteros *Iwo Jima* hacía círculos en las olas azules y esperaba órdenes.

173

En su camarote, Mel Richmond estaba inmerso en sus cálculos. Como segundo jefe del equipo de la NASA encargado de recuperar las cápsulas, había bloqueado el navío de la marina norteamericana poco antes del despegue del Apolo 13. Después había tenido lugar un ejercicio de entrenamiento durante los dos días: su equipo lanzaba al agua una maqueta a tamaño real de la cápsula que los helicópteros, hombres rana y exploradores debían recuperar.

Pero la explosión a bordo de la nave espacial había agarrotado esta mecánica bien engrasada.

Desde su camarote, Mel Richmond estaba determinando el nuevo lugar de amerizaje en función de las últimas instrucciones de Houston. Trasladó las coordenadas a su mapa y sonrió: si todo iba bien, Apolo 13 amerizaría el viernes al sur de las Islas Samoa, a unos tres mil kilómetros de allí. El *Iwo Jima* tenía tiempo de sobra para llegar.

Con la hoja de cálculos en la mano, Richmond saltó fuera del camarote y fue a ver al capitán del portahelicópteros.

* * *

Sala de simulación, 15.20h

Ken Mattingly todavía no había contraído la rubeola. Desde la mitad de la noche, el equipo de reserva –el comandante John Young, el piloto del Lem Charlie Duke y él mismo– estaban trabajando sin descanso en los simuladores.

A bordo del falso Lem, Young y Duke habían probado primero las maniobras de pilotaje que Jim Lovell podría aplicar ahí arriba. Efectivamente, el Lem no estaba previsto para funcionar con los dos módulos estibados. Los astronautas no estaban entrenados para pilotar así. Era como pedirle a un motero que remolcara una caravana en su moto...

Una vez validadas estas maniobras, los dos hombres se lanzaron a otra tarea: apagar todos los instrumentos considerados no indispensables por el controlador TELMU y el fabricante Grumman, y ver si el Lem seguía en funcionamiento.

En el falso módulo de mando, Ken Mattingly realizaba la operación inversa. Se encontraba frente a un cuadro de mando completamente apagado y tenía que encenderlo siguiendo los procedimientos que el controlador EECOM había confeccionado. Si durante una maniobra el amperaje sobrepasaba al de la batería, habría salido mal. Había que revisarlo todo y recomenzar.

Mattingly había empezado la operación varias veces y, a pesar de la fatiga, se disponía a volver a empezar. Hasta que lo consiguiera.

* * *

Residencia de los Lovell, 18.40h

Cuando el padre Donald Raish entró en el salón, el tono de las conversaciones disminuyó y la atmósfera se tranquilizó.

Varias horas antes, este cura del barrio donde residían los Lovell había llamado a Marilyn para ofrecerle sus servicios. Ella aceptó gustosa.

–¿No podríamos reunirnos en torno a la mesa y comulgar? –propuso el sacerdote.

Marilyn y varios asistentes se unieron a él, pero cuando apenas se habían sentado, Elsa Johnson vino a verla.

–Perdona, Marilyn, ¿habías avisado a Susan de que el padre Raish vendría?

–Sí, creo que sí... ¿Por qué?

–Se le ha debido de olvidar. La acabo de ver salir al jardín llorando.

Marilyn se excusó, salió al jardín por la puerta de la cocina y vio a Susan apoyada contra el tronco de un gran álamo. Inspiró profundamente y se acercó a ella.

–Bueno, cariño, has salido a tomar el aire... Pero... ¿estás llorando? ¿Qué te pasa?

–Ya lo sabes, mamá –sollozó la niña–. Papá no volverá nunca...

Marilyn sonrió.

–Pues claro que sí. ¿Por qué dices eso?

–Por el padre Raish. Ha venido porque no hay esperanzas... ¡Papá va a morir!

La niña rompió en sollozos. Su madre la tomó en sus brazos y la consoló.

–No, el padre Raish ha venido como vecino. Como Betty o Adeline. Eso es todo.

–¡Sé muy bien que papá va a morir!

Marilyn se arrodilló para ponerse a la altura de su hija.

–¡Mírame, Susie, mírame a los ojos! Te digo que papá va a volver. Estoy segura porque es el mejor astronauta del mundo. ¿Conoces algún astronauta mejor?

Susan no escuchaba, sumergida como estaba en su tristeza.

»¡Respóndeme, Susie! ¿Conoces un astronauta mejor que papá?

La niña se calmó y reflexionó.

–Pues... no.

–Y en el Centro están los mejores ingenieros del mundo, ¿verdad?

–Sí.

–Pues piensa: ¿crees realmente que el mejor astronauta del mundo, con la ayuda de los mejores ingenieros del mundo, no va a encontrar el modo de traer su nave a la Tierra? ¿Crees que papá no es capaz?

Susan se sorbió los mocos.

–Sí.

–¡Entonces entiendes que va a venir!

–Sí.

–No tengas miedo, cariño.

Marilyn secó las lágrimas de las mejillas de su hija y la besó.

»Dime, ¿quieres que vayamos a pasearnos solas o prefieres volver a jugar a tu cuarto?

–Quiero volver.

–Venga, pues volvamos.

La madre y la hija atravesaron el jardín, pasaron por la cocina y subieron al piso de arriba, hasta la habitación de Susan.

»¿Estás mejor?

–Sí, mamá.

–Bueno, entonces voy a bajar con los demás.

Marilyn recorrió el pasillo en dirección opuesta y se detuvo frente a su habitación. Tras un momento de duda, entró, cerró la puerta, se sentó en la cama y encendió el interruptor.

La voz de Jim sonó inmediatamente.

Estaba allí, vivo.

Antes de cada misión, la NASA instalaba en casa de los astronautas un altavoz para permitir a las esposas que escucharan las conversaciones entre la nave y el Capcom.

Marilyn miró el aparato gris del que salía la voz de su marido: Jim estaba al mismo tiempo tan cerca y tan lejos. ¡Nunca había estado tan lejos! Sintió una ola de lágrimas que subía, la sumergía y no fue capaz de contenerlas más tiempo.

«Es demasiado difícil, Jim, realmente demasiado difícil... Hago lo que puedo para no mostrarlo... especialmente ante los niños... tengo que ser fuerte... ¡pero me muero de miedo! Quiero que vuelvas... Nunca me has dejado. ¡No me dejes hoy, por favor!»

Marilyn respiró profundamente para calmarse y secó después sus lágrimas. Se miró en el espejo del baño y se arregló el maquillaje: no quería revelar nada. Los niños no podían adivinar su preocupación.

Salió rápidamente de su habitación y, con una sonrisa en los labios, se unió a los demás.

Capítulo seis

De la Luna a la Tierra
Bricolaje, corrección de trayectoria y fiebre fuerte
«¡¡¡No!!!»

«Ni un ruido en la cápsula.

Primero el silencio fue de la radio, después de la tripulación.

Fred y Jack admiran el suelo lunar y su multitud de cráteres, a doscientos kilómetros por debajo de nosotros. No encuentran palabras para describir lo que están viendo, así que permanecen en silencio. El tiempo parece suspendido, así como nuestros problemas.

Yo estoy flotando en la parte trasera del Lem, lejos de las ventanillas. No tengo ganas de seguir viendo más. De la cara oculta de la Luna guardo el recuerdo de una belleza fascinante... pero no es más que desolación infinita.

Nunca la pisaré.

Fin del sueño, vuelta a la triste realidad.

Miro mi reloj. En unos instantes el contacto de radio

se restablecerá. Echo una ojeada por la ventanilla y veo un cruasán azul que crece, justo detrás de la Luna.

Presiono el botón del micrófono.

–Houston, ¿me recibís?

Hay un ruido y poco después responde una voz.

–Aquí Houston. Os recibimos alto y claro.

–Necesitamos la hora de los preparativos para encender el motor.

–OK, volveremos a llamar.

Jack y Fred no se han despegado de la ventanilla, todavía en su sueño.

–¡Venga, muchachos, a vuestros puestos!

No reaccionan.

–¡Eh! ¡Muchachos!

–Espera un segundo –dijo tímidamente Fred–, quizá sea la última vez que vea esto...

–Os recuerdo que tenemos una ignición por delante para volver a casa. ¿Queréis quedaros aquí?

»Yo no.

Siguiendo el dictado del Capcom, Fred y yo damos tensión al motor del Lem. A la hora prevista presiono el botón de encendido con un nudo en la garganta. Si esto no funciona...

Pero la nave acelera lentamente y, después de cuatro minutos y medio nos propulsamos en línea recta hacia la Tierra.

–Bien –anunció Houston–. ¿Podríais ahora efectuar un pequeño balance del control térmico pasivo?

En el espacio, la mitad de una nave expuesta al sol podía calentarse hasta más de 150ºC y la mitad a la sombra enfriarse hasta menos 150ºC. En condiciones normales, el aparato gira automáticamente sobre sí mismo para que ninguna parte pase demasiado tiempo al sol. Después de la explosión, tenemos que hacerlo manualmente a partir del Lem.

Y al hacerlo, la nave reacciona perfectamente.

A pesar de la herida, es una buena máquina.

–Aquí Houston. Una cosa más antes de dejaros descansar: vamos a deciros qué aparatos apagar para que el consumo del Lem no supere los 12 amperios.

–¿12 amperios? ¿Estáis seguros?

–Seguros. John y Charlie han hecho pruebas en el simulador.

–En ese caso...

Uno tras otro, fuimos apagando la calefacción de la cabina, las luces, los radares de atracada y de alunizaje, el sistema de navegación, el ordenador de a bordo, el panel del cuadro de mando... Todo menos la ventilación de oxígeno en la cápsula y el sistema de comunicación con la Tierra.

Ahora le toca dormir al Lem.

Llevo dos horas intentando dormir en vano.

Después del accidente, hace veinticuatro horas, no hemos tenido un segundo de respiro. Los médicos de vuelo nos han ordenado a Jack y a mí que nos aislemos en el módulo de mando para dormir un poco. Pero hace demasiado frío aquí, quizá 5ºC.

Y además no paro de darle vueltas a lo que ha pasado y a lo que va a pasar.

Y oigo a Fred, que se ha quedado en el alunizador, discutiendo con Houston. El Capcom le ha pedido algo y él ha contestado «trece». ¿Dónde ha visto esta cifra si todos los aparatos están apagados? El único instrumento que funciona sin electricidad es el que mide la tasa de dióxido de carbono en el aire. Normalmente la aguja no pasa del dos o del tres. Si llega a quince se observan los primeros síntomas de intoxicación por CO_2: euforia y nauseas. Si estamos ya a trece...

Salgo de mi saco de dormir y nado hasta el Lem por el túnel.

–¿Ya estás levantado? –preguntó Fred.

–Sí, ahí hace demasiado frío. Dime, ¿qué es el trece?

–El CO_2...

Inquieto, me pongo el casco por encima de las orejas.

–Houston, aquí Jim.

–Hola, Jim. Me alegro de que estés levantado. Tendréis que construir un filtro de CO_2. Empieza a ser urgente.

El problema no es la falta de oxígeno –habrá bastante para acabar el viaje–, sino el dióxido de carbono que produce nuestra respiración. Normalmente lo filtra un cartucho de hidróxido de litio fijado al sistema de ventilación. Pero como el Lem ha sido concebido para dos astronautas solo, ya hemos consumido todos los cartuchos. El aire de la cápsula se está enriqueciendo peligrosamente de CO_2. Habrá muchos cartuchos en el módulo de mando, pero son cuadrados, no redondos como los del Lem... ¡Sería imposible adaptarlos aquí!

Observo el «trece» de siniestro augurio en el instrumento.

Jack llega ahora; la conversación lo ha despertado.

–¡Houston, estamos al completo, podemos empezar!

–OK, empezamos. El equipo de sistemas de tripulación os ha construido una «máquina» para adaptar los cartuchos del modulo en el Lem utilizando los medios que tenéis a bordo. Os hará falta...

Y el Capcom dicta una lista de material.

Jack se va al módulo a buscar las tijeras, un cartucho nuevo y la cinta adhesiva que sirve para pegar las bolsas de detritus a las paredes de la nave al final del viaje. Fred se ha hecho con el manual de procedimientos del Lem pero solo conserva las gruesas tapas de cartón. Yo abro los armarios y saco la ropa interior que habríamos tenido que usar en la Luna: lo que me interesa es el embalaje de plástico que la cubre.

–¿Lo tenéis todo? –preguntó Houston–. Bueno, pues vamos allá. Girad el cartucho de tal forma que veáis el extremo ventilado.

–¿Cuál es?

–Pues... el que tiene la correa. A partir de ahora llamaré a esa cara «la parte de arriba». La otra será la de «abajo».

–OK.

–Ahora, tomad un metro de cinta adhesiva.

Un metro es más o menos la longitud de mi brazo. Sujeto la cinta mientras Jack la corta.

–El lado adhesivo va hacia arriba o hacia abajo?

–Hacia abajo –contestó el Capcom–. Poned el cartucho en el borde del saco de plástico para que bloquee la abertura. Después tomad...

Pacientemente, fabricamos el adaptador.

De vez en cuando echo una ojeada inquieta al medidor de CO_2, que ahora está en trece y medio.

Tras una hora, por fin está listo. Se trata de una especie de caja de cartón cubierta de plástico con el cartucho al final. Y pensar que nuestra supervivencia va a depender de esa «cosa»...

La conecto al sistema de ventilación del Lem.

–¿Oís el aire pasar a través del cartucho? –preguntó Houston.

Pegué mi oreja a la caja.

–Sí.

–Entonces debería funcionar.

Fred, Jack y yo escrutamos en silencio el instrumento

medidor de CO_2. La aguja permanece desesperadamente inmóvil. ¿Nuestra construcción será incorrecta?

Retenemos la respiración.

Y después, tras unos minutos interminables, la aguja empieza a vibrar. ¿En qué sentido girará? ¡Sí, desciende! Baja a trece, después a doce y medio.

–Houston, funciona.

–¡Perfecto! ¡Bravo, muchachos!

Respiramos de nuevo.

A pesar del éxito, todo se está complicando a bordo.

Vivir es complicado.

Como el módulo de servicio ya no produce agua, tenemos que racionarla. Jack ha sacado de los armarios varias bolsas de agua y de zumo de fruta, pero eso es todo.

El aspirador de pipí ya no funciona, nos aliviamos en bolsas de plástico y procuramos no mojarnos. Hay bolsas de orina flotando por todo el módulo.

De vez en cuando, pico alguna cosa para no perder demasiadas fuerzas, pero el pavo en salsa, la sopa y las lasañas congeladas son indigestos.

Como no tiene calefacción, el Lem está terriblemente frío: debe hacer 10 grados ahora mismo. Hay incluso escarcha en las ventanillas.

A pesar del frío, por fin me he dormido.

Miro mi reloj: las 3 de la tarde, hora de Houston. He dormido cinco horas. Todavía quedan cuarenta y cinco **189** horas para llegar a la Tierra.

Salgo del saco de dormir y voy al encuentro de Fred en el Lem.

–¿Has dormido bien? –pregunta.

–Regular. De hecho, no hay que moverse: se forma una fina capa de aire caliente a tu alrededor, como una especie de manta. ¿Alguna novedad por aquí?

–Ha habido una pequeña explosión hace un momento.

Al oír la palabra «explosión» se me acelera el corazón.

–¿Grave?

–No. Según Houston, la tapa de la batería del Lem ha explotado, pero sin consecuencias.

–¿Nada más?

–Sí, una fuga.

¿Una fuga? ¿Otra fuga? ¡Esto no va a acabar nunca! ¡Maldita máquina!

–¿Saben de dónde viene?

–No.

–¿Cómo la han descubierto?

–Nos estamos desviando de nuestra trayectoria. Pronto tendremos que darle gas para que la nave vuelva a tomar la dirección de la Tierra.

–Está bien, eso haremos –dije con mi voz más neutra.

Tengo que dominarme. Soy el comandante de la nave y tengo que dar ejemplo. Mis compañeros no deben saber nada de mis inquietudes. Mis estados de ánimo son cosa mía.

Poco a poco mi corazón retoma su ritmo normal.

Y a propósito de esto, me paso la mano por encima de la camiseta, busco los sensores que me pegaron al torso antes de partir y los arranco con un gesto seco. Los latidos de mi corazón también son cosa mía.

En la parte de atrás del Lem, Jack desgrana el tiempo con su reloj.

–Encendido en dos minutos.

Para ahorrar electricidad, Houston nos ha pedido que efectuemos la ignición de ajuste sin encender todo el alunizador. Sin ordenador de a bordo, ni sistema de navegación, ni monitor: sólo los propulsores.

Repaso una última vez la lista de la página 24.

»Encendido en un minuto.

Por mi ventanilla tengo la Tierra en el punto de mira. Si durante la maniobra logramos mantenerla en el centro del visor óptico, estará bien: tomaremos la dirección correcta.

»Diez... nueve... ocho...

Al llegar a cero presiono el botón de ignición. La nave acelera.

–Encendido.

¡Venga, bonita, aguanta catorce segundos!

Jack sigue contando segundos.

–Dos... tres...

Imperceptiblemente, la Tierra se desliza hacia la izquierda del visor. Fredo, con el timón en la mano y un ojo en el otro visor, corrige la dirección y hace que la Tierra se quede en el centro de la ventanilla.

»Seis... siete...

La Tierra empieza a vibrar... corrijo la turbulencia y logro estabilizar el aparato.

¡Venga, nave valiente, casi lo hemos conseguido!

»Nueve... diez...

La Tierra se mueve... deriva... vuelve al centro gracias a Fredo.

Aún hay que aguantar unos segundos.

–Doce... trece... y catorce.

Presiono el botón para parar hasta que se me tuerce el dedo.

–¡Parada de motor!

¡Lo has logrado, querida nave, lo has logrado!

–Buen trabajo –confirmó Houston.

Miro la Tierra desde mi visor, todavía tan lejana, a penas más grande que una moneda.

Como si cada victoria se pagara al contado con una nueva prueba, Fred está acurrucado en un rincón, temblando y blanco como la nieve.

–¿Tienes fiebre? –preguntó Jack–. ¿Quieres que vaya a buscar el botiquín?

–No –respondió secamente Fred–. Estoy bien.

–Sabes que no es un probl...

–¡He dicho que estoy bien!

Jack no insiste más. Fred no dirá nada para no inquietarnos, pero sabemos perfectamente lo que tiene. Durante el entrenamiento, los médicos nos lo avisaron: al pasar demasiado tiempo sin beber, las toxinas no se eliminan y se acumulan en los riñones. Lo que provoca infección y fiebre muy alta. Desde el accidente, bebemos el equivalente a un vaso de agua al día por persona... prácticamente nada. Fred es el primero. ¿Quién será el segundo?

Ánimo, Fredo, hay que aguantar treinta y tres horas.

Fred y Jack han ido a dormir al módulo.

Yo estoy al mando del Lem, inmóvil, esperando que pase el tiempo.

Hace tanto frío que con cada expiración una nubecilla sale de mi nariz. El vapor se condensa en la pared del Lem y en el cuadro de mando. Brillan en la penumbra.

¡Qué visión tan triste!

Pobre nave moribunda...

Vuelvo la cabeza hacia la escotilla por la que tendría que haber salido para la marcha lunar; permanecerá cerrada a cal y canto para siempre. Abro el armario en el que guardo la escafandra: nunca me la volveré a poner.

La astronáutica me ha ofrecido lo mejor, pero voy a acabar en lo peor: el fracaso y la amargura.

Junto a la escafandra –ya las había olvidado– están nuestras bolsas con objetos personales. Cada astronauta tiene derecho a llevar algunos objetos que considera especiales. No tienen ninguna utilidad para el desarrollo de la misión: solo ayudan a subir la moral.

En mi bolsa puse únicamente una cosa antes de irme: un hermoso broche de oro engastado con un diamante y el número trece grabado.

Lo mandé hacer especialmente para ti, Marilyn.

Te lo quería dar cuando regresara.

Agarro la bolsa y meto la mano dentro. Siento el metal en el interior y... vaya... algo más, un sobre. Lo cojo y leo: Para Jim. Reconozco inmediatamente la escritura fina.

Algunas veces los técnicos responsables del alunizaje hacen de mensajeros y añaden, en la bolsa de cada astronauta, una carta enviada por su esposa.

Abro el sobre y desdoblo el papel:

Mi amor:

Cuando leas esta carta, seguramente estés a punto de caminar por la Luna. O lo mismo acabas de irte de allí. Quiero que sepas que estoy orgullosa de ti, de todo lo que haces. Quiero decirte cuánto te quiero y cuánto te quieren los niños. Te echamos mucho de menos. ¡Vuelve pronto, amor mío! Te mando besos tiernos,

Marilyn

Unas palabras, unas pocas palabras.

Mi corazón palpita a toda velocidad.

¡Oh, mi amor, yo también te quiero!

No te lo digo demasiado, no te lo demuestro lo suficiente –por este orgullo que siempre está de más, por este miedo a parecer débil–, pero te quiero tanto, quiero tanto a los niños...

Lo eres todo para mí.

En cuanto vuelva, te prometo que...

En cuanto vuelva...

Pero las lágrimas me nublan los ojos.

Y como estoy solo en esta estúpida cápsula, nadie puede verme, como estoy completamente solo, puedo permitirme llorar un poco.

Veinticuatro horas para llegar a la Tierra.

Las horas más arriesgadas de mi vida: habrá que expulsar el módulo de servicio, después volver a encender el módulo de mando, después expulsar el Lem, y finalmente preparar todo para entrar en la atmósfera.

Ahora mismo hay que mudarse.

–Fredo, ¿nos vamos?

La fiebre le ha dado un pequeño respiro, pero puede volver en cualquier momento.

–Fred, coge las escafandras, el sistema de evacuación de basura, la información del vuelo y los tubos de oxígeno de reserva.

Se dirige al armario del Lem que contiene estos objetos. Mientras me hago con las dos cámaras Hasselblad, la cámara en blanco y negro y dos carretes de película y los llevo hasta el módulo.

Normalmente, durante el regreso a la Tierra, el módulo de mando pesa cincuenta kilos más que a la ida por las piedras recogidas en la Luna. Los ordenadores de a bordo tienen en cuenta este sobrepeso. Como no traemos nada, Houston ha enviado una lista de material que hay que llevar del Lem al módulo para compensar.

Fredo tarda en unirse a mí. Vuelvo al alunizador temiendo un contraataque de la fiebre.

—¿Todo bien?

Le brillan los ojos.

—Bien —contestó suavemente.

Tenía en la mano su bolsa de objetos personales.

—¡Ah! Tú también tienes correo.

—Sí...

—Dame los bártulos, ya los llevo yo a su sitio.

Me marcho hacia el módulo, dejando a Fred un rato solo con su esposa embarazada.

Ánimo, amigo, estamos de camino a casa.

Amerizaje en dieciséis horas... no, quince... no, dieciséis.

Con la fatiga pierdo la noción del tiempo.

Houston dicta decenas de instrucciones para volver a encender el módulo de mando. Jack apunta todo en el lomo del repertorio de vuelo. Esto dura una hora y media.

Algo más tarde, va al módulo de mando, visiblemente ansioso, y me pide que me acerque.

–¿Qué ocurre?

–¿Puedes verificar esto, por favor?

Me enseña un pedazo de papel que acaba de pegar al botón de expulsión del Lem. En él pone la palabra «¡¡¡No!!!».

–Bueno, ¿qué quieres que verifique?

–Está bien pegado en el botón de expulsión del Lem, ¿verdad?

No entiendo a qué se refiere.

–Sí, ¿por qué?

–Por nada... Bueno sí, desde hace un tiempo hay una imagen que me obsesiona... En un rato, cuando expulsemos el módulo de servicio, estaré aquí mientras que Fred y tú estaréis en el Lem... No consigo sacarme de la cabeza que por culpa de la fatiga voy a presionar el botón equivocado y voy a expulsar el Lem con vosotros dentro... Os imagino alejándoos a la deriva. Una auténtica pesadilla. Por eso he puesto este papel, para estar seguro de no presionar encima. Está en el lugar correcto, ¿verdad?

Verifico de nuevo el sitio.

–Sí, Jack, es aquí.

Ya va siendo hora de que regresemos.

Cinco horas para llegar a la Tierra.

Fred y yo hemos rascado la escarcha de las ventanillas

del alunizador para poder ver bien. Jack está ya junto a las palancas del módulo de mando. Le grito:

–Empiezo la cuenta atrás. En cuanto empiece el movimiento, sueltas el módulo de servicio. ¿OK?

–¡OK!

Me agarro al mando y grito:

–Cinco... cuatro... tres... dos... uno... ¡cero!

Acciono el mando y lanzo el gas hacia atrás.

La nave frena.

Oigo un ruido de tapón seguido por una sacudida: Jack acaba de soltar el módulo de servicio.

Vuelvo a dar gas hacia delante: la nave arranca, dejando atrás el cadáver del módulo de servicio.

Fred y yo vamos a toda prisa a las ventanillas con la esperanza de ver algo.

Pero nada.

Miro por la otra ventanilla. Nada.

Vuelvo a mi ventanilla.

Y ahí lo veo, enorme y brillante. Se desliza en silencio a nuestro lado, tan grande que ocupa todo mi campo de visión.

Murmuro para intentar no asustar.

–Fred, por aquí.

La carcasa metálica se aleja de nosotros girando suavemente sobre sí misma. Nos muestra uno de sus flancos plateados, luego el otro, y luego...

–¡Santo cielo! ¿Has visto eso, Fred?

–¿Eh?

En el lugar del panel 4, ese por el que los técnicos entran en la máquina, hay un agujero muy abierto, una inmensa brecha. En los bordes de esta herida cuelgan pedazos de tejido aislante, cables eléctricos enmarañados y cintas de caucho. Distingo en las entrañas del módulo los carburadores, las reservas de hidrógeno, la red de tubos. Pero, en el lugar de la reserva de oxígeno número 2 no veo nada más que un enorme vacío carbonizado.

Jack llega con la cámara para grabar el desastre.

–¡Qué desastre! –exclama atónito.

Sí, qué desastre...

Pero lo que me parece más escalofriante no es tanto lo que veo, sino lo que no veo. No me atrevo a imaginar el estado del escudo térmico que supuestamente nos va a proteger cuando entremos en la atmósfera terrestre. El rozamiento del aire hará que la temperatura suba a cerca de 3.000º C. Si la explosión lo ha dañado o agrietado, por poco que sea, el calor se propagará hasta la barrera metálica del módulo, que se fundirá en pocos segundos.

Todo lo que hemos pasado desde hace tres días y medio no habrá servido para nada: antes de que nos demos cuenta, todo habrá terminado.

Capítulo siete

Fin de la odisea
Interminables minutos de silencio
El regreso del héroe

En el salón abarrotado de los Lovell, el ambiente era muy pesado.

Marilyn estaba sentada en el sofá con Bárbara a su izquierda, Susan a su derecha y Jeffrey en las rodillas. El padre Raish y Elsa Johnson estaban sentados en los profundos sillones. Bob McMurrey, los vecinos y los amigos estaban sentados en las sillas o permanecían de pie detrás del sofá. Blanche Lovell, la madre de Jim, estaba un poco apartada. Como ya no estaba del todo en sus cabales, nadie sabía exactamente cuánto entendía de la situación. Neil Armstrong y Buzz Aldrin le explicaban de forma edulcorada el desarrollo de las operaciones.

Aquel 17 de abril por la mañana, en el salón de los Lovell, todas las miradas estaban puestas en la pantalla del televisor. Las cadenas, después de haber ignorado el principio de la misión Apolo 13, habían puesto patas arriba la programación para retransmitir el final en directo.

«Aquí estamos de vuelta en el estudio con novedades: en el interior de la nave, Jack Swigert está volviendo a encender el módulo de mando. Es una operación delicada ya que el cuadro de mando está empapado por la condensación. Nadie sabe si, al conectar de nuevo la electricidad, el astronauta provocará un cortocircuito fatal. Pero según los últimos datos transmitidos por el Centro de Vuelos Tripulados de Houston, por ahora todo va bien...»

En la sala de control, el equipo «blanco» había retomado su lugar detrás de las consolas. Después de tres días enclaustrados en la sala 210, Gene Kranz y sus hombres iban a dirigir personalmente los últimos instantes de la misión. Sin embargo, los equipos «oro», «burdeos» y «negro» no habían abandonado el lugar: todos los que habían participado en la mayor operación de rescate de la NASA querían asistir al desenlace. Thomas Paine, el administrador, varios diputados y el patrón de Grumman –la fábrica del Lem– estaban también presentes.

Tras la pantalla de control, Sy Liebergot examinaba las fichas de la consola EECOM. Todos los datos eran correctos excepto el consumo eléctrico del módulo, ligeramente mayor que lo previsto: dos amperios. No era demasiado, pero eran dos amperios de más.

A John Aaron, autor de la lista de tareas para volver a encender el módulo de mando, se le escapó una queja:

–¿Qué han encendido de más?

Se levantó y fue a ver a los otros controladores para encontrar el origen del problema. Después regresó y se sentó frente a su consola.

»Son los B-Mag, los giroscopios de seguridad... Dirección de vuelo, aquí EECOM. Hay que decir a la tripulación que corten los giroscopios de seguridad.

–OK –respondió Gene Kranz.

–Apolo 13, aquí Houston. Tenéis que apagar los giroscopios de seguridad.

–Aquí Apolo 13, recibido.

Tumbado en el asiento central del módulo de mando, Jack Swigert colocó el interruptor B-MAG en OFF y echó un vistazo al amperímetro. La aguja bajó inmediatamente dos amperios. Desde que se alimentaba de sus propias baterías, el módulo funcionaba de nuevo correctamente. Resultaba alentador.

Fred Haise llegó nadando por el túnel y se colocó en su asiento. No estaba bien en absoluto. Era víctima de otro brote de fiebre, estaba blanco como la leche y tiritaba de pies a cabeza. Afortunadamente, su tarea ya había concluido: no tenía que seguir pilotando el Lem.

Jim Lovell, que se había quedado solo en el alunizador, inspeccionó por última vez el cuadro de mandos del aparato. Todo estaba en orden. Pero el interior de la cápsula estaba en un estado lamentable. Había bolsas de sopa vacías, bolsas de orina, bolsas de plástico flotando por todas partes. ¡Un auténtico vertedero espacial! Antes de salir definitivamente de aquel lugar, buscó algo que llevarse de recuerdo. Desatornilló el visor óptico de la ventanilla, agarró su casco lunar y cogió la placa conmemorativa que tenían que haber depositado en la Luna.

Regresó inmediatamente al módulo de mando y selló herméticamente la escotilla que daba al túnel.

–Houston, estamos listos para soltar el Lem.

–Recibido, 13, cuando queráis.

Swigert acercó la mano al comando de expulsión del Lem y arrancó el papelito donde había escrito «¡¡¡NO!!!». Después accionó el comando y se oyó un curioso ruido, como un corcho de champán al saltar. A través de las ventanillas, los tres astronautas vieron el techo plateado del alunizador alejándose lentamente.

–¡Adiós, Acuario! Y gracias...

–Sí, ha sido una buena máquina.

En las pantallas de televisión, el Lem se deslizó en silencio hacia la derecha. Solo quedaba, en medio de la imagen, una maqueta del módulo de mando y una mano enorme que la sujetaba. El periodista a quien pertenecía la mano retomó sus comentarios.

«Como habrán visto con los modelos reducidos, la nave Apolo ahora no está compuesta más que por el módulo de mando. En este aparato con forma cónica regresarán los tres astronautas a la Tierra. El gran interrogante radica aquí...».

Señaló con el índice la base del cono.

«Aquí se encuentra el escudo térmico que debe proteger la cabina contra la temperatura extrema que se desprende cuando se atraviesa la atmósfera. Pero ¿en qué estado se encuentra el escudo? Si no ha soportado la explosión, la cápsula arderá y sus ocupantes...»

Marilyn Lovell volvió la cabeza para no oír el final de la frase.

Al mismo tiempo, en su pequeño apartamento neoyorquino, la periodista Karen Lester hizo más o menos el mismo gesto. Odiaba la forma en la que ciertos colegas dramatizaban la situación. No era necesario. Pero quizá su reacción fuera así porque conocía personalmente a Jim Lovell.

«... el problema es que no se sabrá inmediatamente si el módulo ha resistido. En efecto, dentro de poco, cuando la cápsula entre en la atmósfera terrestre a 45.000 kilómetros por hora, el calor producido creará una nube ionizada alrededor de la nave. Eso interrumpirá las comunicaciones con la Tierra durante tres minutos, el tiempo que la cápsula tardará en frenar lo suficiente como para que la nube ionizada se disipe. Después de esos tres minutos de silencio, si las comunicaciones se restablecen, significará que el escudo ha resistido. Si no...»

Tumbado en su asiento, Jim Lovell comprobó el arnés de seguridad. En pocos instantes entrarían en la atmósfera y la radio se silenciaría... La hora de la verdad.

—¡Señores —dijo a sus compañeros—, prepárense para regresar a casa!

La cápsula estaba ahora orientada con el escudo térmico hacia abajo y las ventanillas hacia arriba, por lo que los astronautas no veían la Tierra.

—Houston, ¿a qué distancia estamos del suelo? —preguntó Jack.

—Estáis demasiado cerca como para que el diagrama nos lo indique.

—Me gustaría decir una cosa —declaró solemnemente Jack Swigert—. Me gustaría decir que a bordo, mis compañeros y yo os agradecemos el excelente trabajo que habéis hecho en tierra. ¡Gracias!

—Absolutamente cierto —confirmó Jim Lovell.

—Ha sido un placer —respondió el Capcom.

Durante el minuto siguiente, los astronautas acecharon las ventanillas. Un resplandor rosado apareció primero sobre un fondo de cielo negro. Fue transformándose poco a poco en naranja, luego en rojo vivo, jaspeado por finas pavesas que provenían del escudo térmico. Los tres hombres sintieron una sensación que no habían tenido desde el despegue: la gravidez. Como el roce con el aire frenaba la cápsula, los tres hombres se quedaron pegados al asiento. Primero era imperceptible, pero se fue haciendo cada vez más fuerte: 2G, 3G... hasta llegar a seis veces la gravedad terrestre. Un aplastamiento aún más extremo que durante el despegue.

Desde dentro del casco, Jim Lovell no oía nada más que chisporroteos.

Gene Kranz oía los mismos chisporroteos.

El director de vuelo miraba el reloj electrónico de la sala de control: 142 horas 38 minutos. En tres minutos, el contacto se restablecería. Kranz cogió el lápiz y lo hizo girar rápidamente entre sus dedos.

De una punta a la otra de Estados Unidos, millones de telespectadores ocuparon esos tres minutos como pudieron. Marilyn Lovell abrazó a su hijo Jeffrey aún con más fuerza. En la Academia Militar de Saint-Jones, Jay, el otro hijo de Lovell movía el pie ansiosamente sobre el suelo. En su apartamento neoyorquino, Karen Lester daba vueltas y vueltas. En la residencia de la fábrica Grumman, en Bethpage, unos fumaban cigarrillos nerviosamente mientras que otros se mordían las uñas o los labios.

En el portahelicópteros *Iwo Jima*, Mel Richmond escrutaba el horizonte. En unos instantes, si todo iba bien, vería los tres gigantescos paracaídas de color blanco y rojo de la cápsula. Pero, por ahora, el cielo estaba vacío.

En la sala de control, Gene Kranz miró el reloj. 142 horas 41 minutos.

–Capcom, diga a la tripulación que los escuchamos.

–Apolo 13, aquí Houston. Cambio.

Silencio y chisporroteo.

Tras quince segundos, Gene Kranz volvió a hacer señales al Capcom.

—¿Puedes volver a intentarlo?

—Apolo 13, aquí Houston. Cambio...

Quince segundos de chisporroteo.

—Apolo 13, aquí Houston. Cambio...

Después treinta segundos.

Los controladores se miraron con la mirada sombría. No era normal. Cuatro minutos era demasiado. ¿Por qué no contestaban desde ahí arriba?

Después el chisporroteo fue ligeramente más agudo.

Y un instante después...

—¡OK, Houston, aquí 13, os oímos!

¡Estaban vivos! ¡Lo habían logrado! En la sala de control, donde normalmente todo el mundo se dejaba las emociones en el vestuario, hubo una explosión de júbilo. Los controladores y las personalidades aplaudieron, se abrazaron y se dieron la enhorabuena. Gene Kranz alzó el puño muy alto, como si fuera un boxeador después de un combate victorioso.

El Capcom recuperó inmediatamente la voz neutra.

—OK, 13, nosotros también os recibimos, nosotros también.

En la cápsula, Jim Lovell examinaba los datos del cuadro de mando. En cuatro minutos la velocidad había pasado de 45.000 a 480 kilómetros por hora. El módulo se encontraba ahora a 10.000 metros de altura. Detrás de las ventanillas, el rojo vivo había dejado paso a un magnífico cielo azul: el color más hermoso del mundo.

–Preparad los paracaídas de freno –dijo Lovell a sus compañeros.

A 7.300 metros se produjo un ruidito seco. Los astronautas vieron abrirse los dos paracaídas de freno. La velocidad cayó a 300 kilómetros por hora. Un minuto más tarde, los dos paracaídas se desprendieron automáticamente. Otros tres más pequeños se abrieron para provocar la apertura de los tres paracaídas principales. La velocidad se redujo a 35 kilómetros por hora.

Jack Swigert y Fred Haise se volvieron hacia el comandante Jim Lovell: él era el único que había vivido la experiencia del amerizaje en otra ocasión, solo él sabía qué iba a pasar.

Jim Lovell les sonrió, una sonrisa resplandeciente y por fin relajada.

–Nuestro viaje llega a su fin. ¡Apretaos el cinturón, muchachos, va a ser movidito!

En la sala de control, tres inmensas corolas blancas y rojas aparecieron en la pantalla gigante.

–Apolo 13, aquí Houston. Os vemos en la televisión. ¡Es formidable!

En el salón de los Lovell, la alegría fue tan grande como en el Centro Espacial. Susan y Bárbara aplaudieron con fuerza. El padre Raish abrazó a Elsa Johnson. Neil Armstrong y Buzz Aldrin chocaron las manos como los jugadores de baloncesto. Blanche Lovell sonrió.

Marilyn Lovell no sabía si iba a echarse a reír o a llorar. Las lágrimas de alegría cayeron por sus mejillas. ¡Jim había vuelto!

–¡Mamá –gimió Jeffrey–, no me abraces tan fuerte! Me haces daño.

–Oh, perdón, cariño.

Volvió a mirar la televisión para asegurarse de que no estaba soñando: la cápsula, sostenida por los tres paracaídas, descendía lentamente sobre el océano. Sí, la pesadilla había terminado por fin. ¡Jim había vuelto!

En la cubierta del *Iwo Jima*, Mel Richmond ordenó a los equipos de rescate que despegaran. Los dos helicópteros Sea King revolvieron el aire y se alzaron, después se dirigieron hacia el lugar donde acababa de amerizar la nave. Una vez allí, se colocaron en vuelo estacionario a varios metros por encima del oleaje. Los hombres-rana se sumergieron y lanzaron al mar lanchas hinchables de color naranja. Cuando todo estuvo asegurado, los astronautas abrieron la escotilla. Uno tras otro pasaron por la lancha antes de subir a los helicópteros.

Minutos después, los helicópteros regresaron y se posaron en la cubierta del *Iwo Jima*. Jim Lovell, Fred Haise y Jack Swigert descendieron, aclamados por el alborozo de los marinos.

La misión Apolo 13 había sido un fracaso, pero un fracaso exitoso, ya que la tripulación había vuelto sana y salva.

En su apartamento neoyorquino, Karen Lester no lograba apartar la vista del más alto de los astronautas. Jim

Lovell había adelgazado pero sonreía con aquella hermosa sonrisa del estilo de James Stewart. La periodista se sintió orgullosa de haberlo conocido. Del mismo modo que se sentía orgullosa de haberse cruzado en el camino de Martin Luther King. La fuerza del carácter y la trayectoria de estos hombres los convertía en seres extraordinarios, ejemplares.

Hace dieciséis meses, cuando entrevistó a Jim Lovell, ya era un héroe. Pero un héroe temporal, uno de esos a los que se adula un día porque han conseguido una proeza, pero que se abandona al día siguiente porque otra persona ha hecho una proeza aún más grande. Los estadounidenses habían olvidado el Apolo 8 y solo recordaban el Apolo 11 y los primeros pasos de Armstrong en la Luna.

Con el Apolo 13, Jim Lovell había vivido una aventura de una naturaleza completamente diferente, mucho más universal. Había revivido la historia de Ulises que se marchó en un largo viaje y que encontró todas las dificultades del mundo antes de regresar a su casa.

Karen Lester estaba segura: gracias a su odisea desgraciada, Jim Lovell iba a convertirse en un héroe atemporal que merecía serlo, un héroe que conmovería a un enorme público y cuyas hazañas se contarían por mucho tiempo.

Mucho, mucho tiempo.

Capítulo final

A modo de conclusión

R<small>EMITE:</small>
Philippe Nessman <philippe.nessmann@***.fr>
Para: Jim Lovell <jlovell@***.com>
Fecha: 22 de junio de 2008

Estimado señor:

Mi nombre es Philippe Nessmann, soy francés y escribo libros para jóvenes. En mis novelas cuento la verdadera historia de los grandes descubrimientos: la conquista del Polo Norte, la primera vuelta al mundo de Magallanes, incluso la búsqueda del nacimiento del Nilo.

Tengo previsto escribir un libro sobre la conquista de la Luna y, aunque hay otros astronautas que han tomado parte en esta aventura, me gustaría ceñirme a usted y a

su trayectoria. Al pensar en su experiencia como piloto de pruebas, en su participación en las misiones Gemini 7, Gemini 12, Apolo 8 y por supuesto Apolo 13, me parece que es usted en efecto una persona emblemática en esta epopeya.

He leído con mucha atención su libro Apolo 13, *así como otras obras sobre la aventura espacial. Sin embargo, me quedan algunas preguntas para las que no hallo respuesta y que me gustaría hacerle. Habrá repetido su historia cientos de veces, pero si acepta hacerlo una vez más, en mi nombre y en el de mis lectores le estaría muy agradecido.*

Atentamente,
Philippe Nessmann

Índice

«¿La tripulación del Apolo 13 tuvo que construir realmente un filtro de dióxido de carbono para sobrevivir? ¿Fue una misión tan catastrófica? ¿Qué hay de verdad en *Los que soñaban con la luna, Misión Apolo*?

Para saber cómo se desarrolló la misión Apolo, existen varias fuentes de información. Para empezar, hay informes y documentos oficiales de la NASA de libre acceso en Internet: procedimientos de encendido de la nave antes del despegue, objetivos de cada misión, transcripción de los diálogos entre la nave y Houston, fotografías... Además existen testimonios directos de los participantes de la aventura espacial. Jim Lovell, por ejemplo, escribió con Jeffrey Kluger un libro sobre su trayectoria como astro-nauta y sobre su última misión: *Apolo 13* (Ediciones B). Por último, existen muchas obras generales sobre la conquista espacial, como *A Man in the Moon*, del periodista Andrew Chaikin.

Todas estas fuentes han servido para la descripción de los acontecimientos narrados en este libro.

En cuanto a la descripción del pensamiento, las alegrías y los temores de Jim Lovell, lo más simple era preguntarle directamente, y eso hice. Desgraciadamente, el astronauta estaba muy ocupado y mi correo electrónico se quedó sin respuesta, así que no he tenido más remedio que imaginarme sus pensamientos íntimos, y también he hecho eso.

La mayoría de los personajes de la novela han existido realmente: Marilyn y los hijos de la familia Lovell, Gene Kranz, Elsa Johnson... Solo uno es imaginario: Karen Lester. La prensa ha solicitado mucho a Jim Lovell a lo largo de su vida. Karen Lester es la síntesis de todos los periodistas que lo han entrevistado alguna vez. Dicho esto, en 1968, la revista *Time* nombró realmente al astronauta "hombre del año", así como a Frank Borman y a Bill Anders, sus compañeros del Apolo 8.»

Philippe Nessmann

Philippe Nessmann

Nació en 1967 y siempre ha tenido tres pasiones: la ciencia, la historia y la escritura. Después de obtener un título de ingeniero y la licenciatura en historia del arte, se dedicó al periodismo. Sus artículos, publicados en *Science et Vie Junior*, cuentan tanto los últimos descubrimientos científicos como las aventuras pasadas de los grandes exploradores. En la actualidad, se dedica exclusivamente a los libros juveniles, aunque siempre tienen de fondo la ciencia y la historia. Para los lectores más pequeños, dirige la colección de experimentos científicos Kézako (editorial Mango). Para los lectores jóvenes, escribe relatos históricos.

Thomas Ehretsmann

Nació en Mulhouse. Auténtico apasionado del cómic, estudió arte decorativo en Estrasburgo y se especializó en ilustración.

Descubridores del mundo

Bajo la arena de Egipto
El misterio de Tutankamón

En la otra punta de la Tierra
La vuelta al mundo de Magallanes

En busca del río sagrado
Las fuentes del Nilo

Al límite de nuestras vidas
La conquista del polo

Al asalto del cielo
La leyenda de la Aeropostal

Los que soñaban con la Luna
Misión Ap